KB113864

무경 新무협 판타지 소설

암제귀환록

FANTASTIC ORIENTAL HEROES

암제귀환록 8

무경 新무협 판타지 소설

초판 1쇄 찍은 날 § 2015년 2월 27일
초판 1쇄 펴낸 날 § 2015년 3월 6일

지은이 § 무경
펴낸이 § 서경석

편집부장 § 권태완
편집책임 § 박용서

펴낸곳 § 도서출판 청어람
등록번호 § 제387-1999-000006호
등록일자 § 1999. 5. 31
어람번호 § 제2-2575호

주소 § 경기도 부천시 원미구 부일로 483번길 40 서경B/D 3F (우) 420-822
전화 § 032-656-4452 팩스 § 032-656-4453
http://www.chungeoram.com
E-mail § chungeorambook@daum.net

ⓒ 무경, 2014

ISBN 979-11-04-90137-9 04810
ISBN 979-11-316-9054-3 (세트)

※ 파본은 구입하신 서점에서 교환하여 드립니다.
※ 저자와 협의하여 인지를 붙이지 않습니다.
※ 이 책은 도서출판 청어람과 저작자의 계약에 의해 출판된 것이므로,
　　무단 전재 및 유포 · 공유를 금합니다.

무협 新무협 판타지 소설

암제귀환록

FANTASTIC ORIENTAL HEROES

8

암제귀환록

제1장	깨어진 맹세	7
제2장	복수자	31
제3장	관조하는 자	59
제4장	불꽃의 나비	73
제5장	돌진	95
제6장	혈교회합	117
제7장	역천자(逆天者)	139
제8장	제갈철	163
제9장	회유	183
제10장	도주	205
제11장	결심	227
제12장	혈교준동	251
제13장	초원을 달리는 늑대	267
제14장	소림대회합(少林大會合)	279
제15장	이차 각성	299

1장

깨어진 맹세

십만대산의 대부분을 뒤덮는 것은 침엽수림이다.

소나무, 전나무, 주목(朱木), 낙엽송(落葉松), 그 외의 수많은 이름 모를 침엽수들…….

사시사철 같은 행색을 하고 있는 뾰족한 이파리들은 일견 고고하긴 하나 인간적인 맛이 없었다.

자연히 그러한 나무들의 집합체라고도 할 수 있는 십만대산 또한 갑갑하기 그지없는 전경을 지닐 수밖에 없었다.

거기에 새벽마다 드리워지고 하는 새하얀 안개까지 첨가된다면?

전경만으로도 타인의 침범을 불허할 법한 특유의 경관이 완성되는 것이었다.

그러나.

그러한 십만대산에도 생명의 냄새가 물씬 풍기는 때가 드물게 찾아오고는 한다.

무척이나 짧은 기간.

겨울 내내 사위를 백색으로 물들였던 눈과 얼음이 녹아내리며 새싹을 틔우는 때. 그 보름 남짓한 생명의 시기가 십만대산에도 찾아오고는 했다.

그리고 소천호는 그러한 시기에 십만대산을 떠났다.

작별의 날은 쓸쓸했다. 떠나는 이 한 명과 이를 전송하는 한 명의 여인이 전부였던 때.

그래서였을 것이다. 소천호가 약간이나마 감동을 느꼈던 것은.

"네가 배웅하러 올 거라고는 생각하지 못했는데."

그의 시선 끝이 여인의 눈동자에 걸렸다. 이윽고 오똑한 코와 도톰한 입술, 유려한 턱 선과 가느다란 목선을 연달아 훑었다.

그 시선 어디에도 음흉한 기색은 없었으며 오히려 깨지기 쉬운 도자기를 바라보는 것처럼 사뭇 조심스럽기까지 했다.

그것을 아는지 모르는지 여인은 사무적인 어조로 딱딱하

게 대답했다.

"궁주께서 명령하셨습니다."

"…그랬던가."

소천호는 씁쓸히 중얼거렸다.

혈교 내에 세 개의 궁이 있다 하나, 그녀가 지칭한 궁주가 셋 중 누구인지는 구태여 추리할 필요조차 없는 일이었다.

새로운 패도궁주에 오른 사내.

'백진설.'

속으로만 중얼거린 그는 입을 열었다.

"그러고 보니 미처 축하 인사를 못 했군. 부궁주 자리에 오른 걸 축하해."

"…도망치시는 건가요?"

"미안하지만 취임식에 참석하긴 어렵겠군. 미리 축하해 줬으니 그걸로 이해해 줘."

"이렇게 도망치실 건가요?"

"진설, 그놈도 참 운이 좋단 말이지. 뭐, 앞으로 노인네들 등 살에 달달 볶일 것을 생각하면 마냥 좋은 일도 아니겠지만."

"이렇게 도망치실 거냐고 물었어요."

소천호는 입을 다물었다.

그러고는 여인, 심유화의 어깨에 달라붙어 있던 시선을 애 써 끌어내렸다.

"난 이미 결심했다."

소천호는 담담히 말했다.

"이곳은 내가 있을 곳이 아니야."

"고작 한 번의 실패일 뿐이에요. 패도궁주의 자리에 오르지 못했다고 해서 앞으로의 기회가 완전히 막혔다고는 할 수 없어요."

"한 번의 실패라……."

"더군다나… 꼭 궁주님을 호적수로 삼으실 필요는 없잖아요?"

심유화의 눈빛이 가늘게 떨렸다.

"지금 소 선배의 실력만으로도 요직을 차지하는 것쯤은 어렵지 않을 거예요."

"……."

"그렇지 않은가요?"

소천호는 알고 있었다. 그녀가 크게 오해하고 있다는 것을.

아마도 백진설에 대한 자신의 열등감이 단순히 재능의 문제 때문이라고만 생각하고 있을 테지.

그리고 그것을 다행이라고 여겼다.

"푼수 같게도 말이지."

"네?"

심유화가 그게 무슨 말이냐는 듯 반문했다. 소천호는 그런 그녀의 미심쩍은 시선조차도 부드러운 눈빛으로 마주했다.

'나는 말이다. 네가 나 때문에 심란해할 일도 없을 테니 다행스러울 뿐이다. 그렇게 생각하는 나는 실로 천하의 천치일 테지.'

속으로만 대답한 소천호는 피식 웃고는 발치에 놓아두었던 꾸러미를 들쳐 멨다. 그것을 본 심유화의 눈동자가 재차 흔들렸다.

"선배."

"……."

"소천호 선배!"

"백진설 때문이 아냐."

소천호의 말에 심유화가 입을 닫았다.

"아니라니요?"

"아니… 녀석 때문이 아주 아니라고는 할 수 없겠지만 단순히 놈의 무위에 열패감을 느꼈기 때문에 떠나는 것은 아니다."

"그럼 왜 지금 떠나시는 거죠?"

"그건……."

소천호는 고개를 뒤로 젖혀 하늘을 보았다.

그러면 일그러지는 표정을 숨길 수 있으리란 생각에서였다.

"더 넓은 세상을 보고 오려고. 다만 그뿐이다."

"몽고의 유목민들 따위를 상대하는 게 더 넓은 세상을 보는 일이란 말인가요?"

"최소한 이곳이 아닌 세계를 볼 수 있겠지. 그거면 충분해."

"겨우 그 때문에 혈교천세의 대의를 저버리겠다는 거군요."

심유화의 목소리엔 날이 서 있었다. 소천호는 차라리 잘됐다고 생각했다.

"어쩌면 그것이 대의가 아닐지도 모르니까."

"……!"

소천호는 본능적으로 깨달았다. 그 한마디로 인해 그녀의 태도가 돌변했음을.

칼날 같은 침묵이 흘렀다.

아마도 심유화는 상당한 정신적 충격을 받았을 것이었다.

그들 모두는 어릴 적부터 혈교천세의 기치 아래 거의 세뇌되다시피 자라왔으니 말이다.

힘이란 육체뿐 아니라 정신의 고강함 또한 충족될 때 비로소 빛을 발한다.

정신력을 갈고닦기 위한 길은 크게 두 가지.

하나는 어렵고도 고매한 길이고, 하나는 쉽고도 비정한 길이다.

어려우면서도 고매한 길은 스스로 수양하는 것.

'그리고 쉬우면서도 비정한 길은……'

차라리 어떠한 한 가지에 대한 깊은 광신에 빠져 버리는 것이다.

전자는 고통스럽긴 하나 인간성을 유지할 수 있다. 후자는 간편하긴 하나 인간성을 유지하기 어렵다.

최소한 스스로의 자립이란 측면에서 본다면 광신도들은 길거리를 오고 가는 비렁뱅이만도 못하다고 할 수 있었다.

'우리가 바로 그런 자들일 테지.'

소천호의 사상은 상당히 파격적인 것이었다. 기실 혈교도의 대부분은 혈교에 대한 충심을 결코 의심하거나 하지 않기 때문이다.

그들은 하나의 혈족이며 공동체였다.

어린 시절부터 혈교도들은 공동체 생활을 하게 된다. 젖을 떼자마자 부모와 이별하게 되고, 그렇게 모인 아이들은 한데 뭉뚱그려져 수련에 들어가게 된다.

피를 말리고 뼈를 깎는 고행이 그들을 기다리고 있다. 도중에 죽어 나가는 이가 부지기수라는 것은 놀랄 일도 아니다.

교관들이 곧 그들의 스승이며, 혈교가 곧 그들의 부모가 된다. 부모에 대해 본능적으로 가질 법한 모든 종류의 애정은 혈교를 대상으로 하게 되는 것이다.

그러한 세뇌로 인해 혈교도들은 살아 있는 병기가 되어간다.

그들을 진정 숨 쉬는 무기로 만드는 것은 뼈를 깎아내고 피를 말리는 육체적 수련보다는 오히려 이러한 정신적 세뇌라 할 수 있었다.

이러한 굴레에서 벗어난 이는 그야말로 극소수.

소천호나 백진설은 그 소수의 예외였지만 아마도 심유화
는 그에 속하지 않을 터였다.

'그렇기에 저런 표정을 짓는 거겠지.'

그녀는 혐오감이 드러난 얼굴로 소천호를 바라보고 있었다.

그 경멸 어린 시선 앞에서 소천호는 차라리 홀가분해졌다.

"이런 사람일 줄은 몰랐군요."

"……."

"정말로 몰랐어요."

냉랭한 어조로 그녀가 말했다.

"조금 전의 말은 못 들은 걸로 하겠어요. 하지만 내 안에
있던 소천호 선배 또한 오늘부로 완전히 사라졌다는 것
을……."

한동안 말을 잇지 못하던 그녀가 겨우 입을 열었다.

"말해야 할 것 같군요."

"좋을 대로 생각해. 나는 자유를 찾아 간다."

"…다시 이곳으로 돌아오는 날, 우리는 적으로 만나게 될
겁니다."

"적이라?"

"그래요."

스릉!

검을 뻗어 소천호를 겨냥한 심유화가 말을 이었다.

"이제 선배와 저는 적이에요."

"그럼에도 나를 선배라 부르느냐?"

"아뇨, 조금 전 그게 마지막이었어요."

한동안 침묵하던 그녀가 덧붙였다.

"이단자여."

"……."

"다시는 이곳으로 돌아오지 마세요."

분명히 선언한 심유화가 몸을 홱 돌려 멀어졌다.

그 마지막 모습을 소천호는 씁쓸한 시선으로 뇌리 깊은 곳에 담았다.

'그래, 날 그렇게 매도해다오. 나 따위 놈은 시원하게 욕하고서 잊어버려다오.'

그는 몸을 돌렸다.

"나는 너를 잊지 않을 테니."

*   *   *

시간은 빠르게 흘렀다.

초원의 전투는 매일매일이 새로운 모험과 같았고, 천하의 소천호조차 이따금 죽음이 코앞까지 다가오는 경험을 하고는 했다.

그럴 때마다 그는 혈교도로서의 자신을 조금씩 내던지게 된다는 느낌을 받았다. 십만대산에서의 기억이 차츰 흐릿해지고, 그 위로 새로운 기억과 새로운 인물들이 덧씌워졌다.

백진설에 대한 열등감도, 스승에 대한 야속한 마음도, 혈교라는 지긋지긋한 굴레도 조금씩 사라져 갔다.

그럼에도 잊히지 않는 것은 엄연히 존재했다. 그 자신이 결코 잊지 않겠다고 맹세했던 것이었다.

"심유화."

소천호는 눈을 떴다.

그녀는 지금 그의 품 안에 있었다.

그는 알 수 있었다.

설령 날붙이에 난도질당했다 하더라도, 설령 안구와 머리칼이 뽑혀져 나갔다 하더라도, 설령 그것이 이제는 두개골 위에 가죽만 덧씌워놓은 흉물스런 무언가라 하더라도.

심유화는 그의 품 안에 있었다. 아마도 태어나고 죽은 이래 처음으로.

"오랜만이구나."

소천호는 소리 없이 웃었다.

"마침내 다시 만나게 되었다. 기억해? 넌 나를 적으로서 맞겠다고 했었지. 하지만 난 그렇게 되더라도 좋을 거라 생각했다."

휘이이이.

모래를 머금은 바람이 불어와 몇 가닥 남지 않은 그녀의 머리칼을 흔들었다. 소천호는 부드러운 손길로 그녀의 머리를 단정히 빗어주었다.

"네 생각에 몇 번이나 진영을 탈영하고 싶기도 했었어. 설령 그런다 하더라도 나를 붙잡을 자는 아마 없었을 거야."

대답은 없다.

아마 앞으로도 영영 없을 테지.

그걸 알면서도 소천호는 고집스럽게 말을 이어갔다.

"그럼에도 불구하고 그곳을 떠나지 않았던 것은 두려웠기 때문이었다. 너와 놈이 같이 있는 걸 보게 될까 하는 생각에."

소천호의 어조가 한층 침중해졌다.

"마음속으로는 수만 가지 상상을 했었다. 너와 놈을 반반씩 닮은 아이가 딸려 있는 것은 아닐지. 그런 생각이 한번 떠오를 때마다 오만 가지 생각이 꼬리를 물고 이어지더구나."

그의 목소리가 갈라졌다.

"그걸 가라앉히고자 황야를 달리거나 적진으로 미친 척 뛰어들고는 했지."

그는 가만히 고개를 숙여 심유화의 머리에 시선을 고정했다.

"그럴 때마다 일시적으로 널 잊을 수 있었다. 하지만 결국은 다시 떠오르고 말더군. 그럴 때마다 정말 미칠 것만 같았지."

그는 그녀의 얼굴에 묻어 있는 흙과 먼지를 조심스럽게 닦아냈다. 자칫 힘을 잘못 줬다간 얼굴 가죽까지 벗겨낼 것만 같았기에.

"하지만 그건 실수였다. 참고 인내해야 할 일이 아니었어."

소천호는 스스로를 질책하듯 말을 이었다.

"네가 보고 싶어 미칠 것 같다면 내 열망을 따라 행동했어야만 했다. 설령… 그 결과가 파국이라 하더라도 말이야."

척척척척!

소란스러운 발소리가 소천호의 목소리를 덮었다.

발소리의 숫자는 족히 수십. 들려오는 방향은 주변 곳곳이었다.

서안, 무림맹의 자경단이었다.

관부의 능력만으로는 해결하기 어렵다 싶은 특수한 범죄들, 예컨대 무림인에 의한 무차별 연쇄살인 같은 건을 일임하는 것이 그들의 임무였다.

그리고 이 상황이야말로 바로 그 무림인에 의해 촉발된 연쇄살인.

그들 자경단이 출동하는 것이 지극히 당연하다고 할 수 있었다.

"광인이여, 악도여! 이 참상에 대해 변명할 마음이 있는가!"

소천호는 대답하지 않았다.

"답하라, 악도여!"

그럼에도 소천호는 그녀의 얼굴에 고정해 둔 시선을 치우지 않았다.

오래전 그랬던 것과는 달리.

지금의 모습조차도 머릿속 깊이 분명하게 각인해 두겠다는 듯.

"네놈은 무고한 이들을 학살하고 해쳤다! 그에 대해선 변명할 바가 없을 터!"

"얌전히 오라를 받으라!"

소천호는 그제야 느릿하게 고개를 들었다.

오라를 받으라는 목소리에 응했기 때문은 결코 아니었다.

소천호는 그저 그 목소리가 귀찮고 짜증 난다고 생각했다. 단지 그뿐이었다.

"오랜만의 만남이야. 방해하지 마라."

묘하게 차분한 목소리가 흘러나왔다.

소천호를 포위한 사내들은 그 목소리의 담담함에 흠칫 놀랐다.

또한 그의 품 안에 들려 있는 수급에 대해서도.

"그, 그것은……!"

"혈교! 패도궁의······!"

"저 마녀의 머리가 아니던가!"

마녀라는 단어가 소천호를 자극했다.

그는 지극히 건조한 시선으로 자경단원들의 면면을 가만히 훑었다.

"마녀?"

"혈교도의 부궁주! 그 계집의 수급을 가지고 무얼 할 생각이더냐?"

"수급?"

"그렇다! 그것은 죽은 계집의 머리가 아니던가!"

소천호는 새삼스러운 눈으로 심유화의 머리를 내려다봤다.

수급. 잘려진 머리. 죽은 시체의 머리. 다시는 살아서 돌아올 수 없는 존재의 머리.

그랬다.

그는 그렇기에 후회하고 있었던 것이었다.

이제 다시는 살아 있는 그녀를 볼 수 없기에.

"크······."

악다문 잇새로부터 신음성이 흘러나왔다.

자경단원들은 다시금 섬뜩함을 느꼈는데, 이는 인간의 음성이라기보다는 차라리 짐승의 흐느낌에 가까웠던 까닭이다.

"크흐으으······!"

억눌린 웃음소리 같기도 하고 한밤중의 귀곡성 같기도 하다.

소름 끼치는 느낌을 받던 자경단원들은 어느 순간부터 자신들의 몸이 떨리고 있음을 깨달았다.

"뭐, 뭐야?"

"이것은……?"

호랑이와 같은 대형 맹수들은 목울대를 울리는 것만으로도 먹잇감의 운신의 자유를 빼앗고는 한다.

낮고 소름 끼치는 음파가 먹잇감의 귓속 생체 기관을 마비시키는 것이다.

지금 자경단원들이 운신의 자유를 잃은 것 또한 이와 마찬가지 현상이었다.

다만 당사자들은 이해의 폭이 좁아 그것을 차마 이해하지 못할 따름이었다.

그저 눈앞의 살인귀가 특이한 수법을 썼다고만 생각할 뿐이었다. 그것이 그들이 인식 가능한 범위 내에서는 최선이었다.

"이, 이런 말도 안 되는……!"

"우리가 알지 못하는 잔학한 수를 쓴 모양이로구나!"

그들은 어처구니가 없었다.

다른 곳도 아닌 무림맹 본부가 위치한 서안을 지키는 임무인 만큼, 그들 자경단원들은 맹 내에서도 복잡한 절차를 통해 엄선된 이들로만 이루어져 있었다.

하나의 성시를 능히 주름잡을 수 있는 면면들인 셈이었다.

그런 그들이 호랑이 앞의 쥐 새끼 꼴이 되어 몸만 벌벌 떨고 있을 따름이라니……!

이건 도저히 인정할 수가 없는 일이었다.

"마녀의 수급을 찾아가려 왔더냐, 악도여!"

자경단원 중 하나가 돌연 일갈했다.

고함을 침으로써 몸을 얽매고 있는 무형의 결속을 풀고자 한 것이었다.

하나 그것은 소천호의 마지막 남아 있던 이성의 끈을 끊은 것에 지나지 않았다.

"그녀를!"

외마디 외침이 토해졌다.

다음 순간 한줄기 바람이 자경단원들 사이로 스쳐 지나갔다.

푸확!

자경단원들의 얼굴에 흩뿌려지는 뜨끈뜨끈한 액체.

그것이 갓 뿜어져 나온 피라는 것을 모를 그들이 아니었다.

조금 전 소리를 쳤던 자경단원의 목 위가 존재하지 않았다.

"마녀라 부르지 마라!"

소천호는 절규했다.

퍼억!

자경단원의 몸이 돌연 수십 조각으로 뜯겨져 나갔다.

도대체 어떠한 잔학한 수법을 사용한 것인지 다른 자경단 원들로선 짐작조차 할 수가 없었다.

하나 그것이 고절한 수법이나 절세의 초식인 것은 아니었다.

그저 압도적으로 빠른 속도와 강맹한 힘으로 갈가리 찢어 발긴 것뿐.

산 자의 몸을 말이다.

"으, 으아아!"

"이 괴물!"

겨우 운신의 자유를 되찾은 자경단원들이 병장기를 뽑아 들었다.

그러한 날붙이들은 소천호에게 조금도 위협이 되지 않았 지만 뽑아 들었다는 것 자체만으로도 그를 자극하기엔 충분 했다.

전장에서 무기를 쥐고 있다는 게 의미하는 바야 분명한 것 이었으니.

"크아아아아!"

각혈과도 같은 고함이 터져 나왔다.

모래를 머금은 바람이 사방으로 달아났다. 시가지의 거리 위로 살기의 겁풍이 질주했다.

그것은 순수한 광기의 표출이자, 지난 십수 년 동안 억눌려 있던 살의의 개방이었다.

초원의 전사는 그 순간 한 마리 야수로 돌아갔다.

진심으로 눈앞의 모든 것을 죽이겠노라 선언한 채.

"해치워!"

"합진을 펼쳐서……!"

소리치는 자경단원들의 신형 사이로 소천호가 스며들었다. 그의 손이 흐르는 물처럼 자연스럽게 좌우의 머리를 붙들었다.

그리고 그대로 움켜쥐었다.

퍼퍽!

두 자경단원의 머리가 터져 나갔다.

머리를 잃은 두 몸뚱이가 한차례 우쭐거리더니 실 끊어진 인형처럼 땅에 널브러졌다.

"너희의 눈을 보고 싶지 않다. 너희의 목소리도 듣고 싶지 않다."

소천호는 담담히 말했다. 조금 전의 괴성을 질렀던 것이 거짓말인 것처럼.

"그러니 너희의 머리를 모조리 터뜨려 없애겠다."

"미친놈!"

"죽여!"

격앙된 자경단원들이 소천호를 향해 쇄도했다. 그러나 그것은 분노 때문이라기보다는 공포 때문이라 보는 게 옳은 것.

그 순간 그들의 머릿속에선 합진을 펼친다거나 하는 이성적인 판단이 송두리째 사라져 버렸다.

파파파팟!

벌통에서 튀어나온 벌 떼처럼 자경단원들이 신형을 날렸다. 법칙성이 전무하다고 할 수 있는 난격.

그만 한 속도와 날카로움이 보장된다면 예측 불가능한 위험한 수법이라 할 수 있겠으나…

"그렇지 않은 바에는 발악일 뿐."

소천호는 한 걸음을 떼었다.

그것만으로도 삼 장 가까운 거리를 움직였는데, 단 한 걸음에 자경단원들의 사정권에서 완전히 벗어나 버린 한 수였다.

"뭣……!"

경악으로 두 눈을 물들이는 자경단원들.

이건 그 영역이 다른 속도였다. 그들은 그제야 본능적으로 깨달을 수 있었다.

놈이 단순한 미치광이 살인마가 아니라 격이 다른 초고수라는 것을.

파파파팡!

허공을 가르는 파공음이 들려왔다. 그것이 자경단원들이 마지막으로 느낀 현실이었다.

퍼퍼퍼퍽!

수십 개의 머리통이 한데 약속이라도 한 듯 터져 나갔다.

후드드득!

확 뿌려진 피의 비가 우수수 떨어져 내렸다.

고오오오.

주변으로는 아예 희미한 혈무(血霧)가 뒤덮일 지경이었다.

찰나의 시간차도 두지 않은 채 연달아 날린 수십 발의 지풍. 하나하나가 자경단원들의 머리에 정통으로 직격한 결과였다.

휘이이이!

고요가 내려앉은 거리 위를 바람이 쓸고 지나갔다. 조금 전까지도 모래를 머금어 텁텁하던 바람은 이제 축축한 피를 잔뜩 머금어서는 비릿한 냄새를 풍겼다.

소천호는 몸을 돌렸다.

그의 품엔 여전히 심유향의 머리가 안겨 있었다.

여전히 흉물스러운 그녀의 모습이었으나 소천호는 어딘지 모르게 아까 전과 달리 부드러워진 것 같다는 생각이 들었다.

"끝이 아니야."

대답은 없었다.

하지만 소천호는 개의치 않았다.

"아직은 끝이 아니야, 유향."

그의 두 눈에 차가운 광기가 서렸다.

"아직은."

심유향에게 들려주듯 중얼거린 그가 이내 신형을 쏘아 날렸다.

2장

복수자

'뒤쫓아야 할까?'

현월은 사내의 뒷모습을 응시하며 고민했다.

그는 기척을 죽인 채 상황을 지켜보고 있었다. 처음엔 단순한 미치광이 살인귀가 난동을 부린 것인가 싶었으나 이내 그게 아님을 깨달았다.

그것은 오히려 사내가 발하는 귀기 때문이었는데, 단순한 광기뿐만이 아닌 회한과 비통이 그 안에 담겨 있었던 것이다.

그 귀기는 현월로서도 무척이나 익숙했다.

'나 또한… 마찬가지였으니까.'

그랬다. 회한과 비애.

이는 현월이 무림맹이 멸망하던 날에 느꼈던 감정이 아니 던가.

더군다나 사내의 품 안에 들린 시신의 일부를 봤을 땐 그 느낌이 확신으로 변했다.

'이 사내, 그녀의 복수를 하려는 것이구나.'

덜컥.

바람에 휘말려 날아든 명패가 발치에 걸렸다. 현월은 시선 을 내려 그 이름을 읽어냈다.

"심유화……."

분명했다.

백진설을 따라왔었던 혈교 패도궁의 부궁주.

백진설의 죽음 이후 흑련에 의해 목숨을 잃고 만 그녀였다.

"그럼 저자 또한 혈교도라는 건데."

갑작스레 학살을 벌인 것도 이해가 됐다.

현월이 같은 입장이었더라도 아마 똑같이 행동하지 않았 을까?

상황이 정리되자 사람들이 몰려들기 시작했다. 사람들은 주변에 엉망진창으로 퍼져 있는 육편과 혈흔을 보며 욕지기 를 뱉어댔다.

현월은 한층 기척을 죽인 채 고민했다.

'쫓아갈까?'

사내는 서안의 성 바깥으로 향했다. 그가 어디로 향할지는 모르지만 자연 호기심이 동하는 것은 어쩔 수 없었다.

하지만 현월은 무림맹주 남궁월의 초대를 받아 이곳까지 온 상황.

선약을 내버려 둔 채 사내를 따라간다는 것이 과연 좋은 생각일지는 알 수 없었다.

'하지만 그자가 혈교도라 한다면 결국은 나의 적이라는 건데.'

짧은 시간 동안 극히 일부분만을 목도한 것이긴 했지만 사내의 기도는 범상치 않았다. 단순히 분노와 광기 때문만이 아니더라도 사내의 무위는 공전절후라는 표현으로도 부족할 정도였다.

저 백진설과도 비견할 수 있을 정도로.

'그런 강자가 혈교에 추가된다면……'

앞으로의 일전이 한층 어렵게 돌아갈지도 모른다.

반면 지금이라면 어떻게든 일대일로 끝장을 볼 수 있는 상황. 거기에 더하여 조금 전의 사내는 현월의 기척을 알아채지 못했었다.

급습이 성공할 가능성이 상당하다는 것.

지금 이 자리에서 처치하는 게 나을지도 몰랐다.

현월은 결국 마음을 정하고는 몸을 일으켰다.

"어차피 꼭 오늘 갈 거라고 약속한 것도 아니니까."

남궁월은 현월을 기다리겠다고 했다.

하지만 언제까지 반드시 오라고 한 것도 아니고, 설령 그렇다 해도 현월이 그 말을 따라야만 하는 입장은 아니었다.

사실 이쯤 되니 너무 얌전히 남궁월의 말을 따르는 게 꺼려지는 면도 있었다.

'그에게 휘둘릴 필요는 없겠지.'

팟.

현월은 사내가 사라진 방향으로 신형을 쏘았다.

벽돌담을 차고 올라 지붕 위로 올랐다. 지붕을 차고 올라 성벽 위로 올랐다.

성벽을 차고 오르니 어느새 서안 바깥의 전경이 펼쳐졌다.

그 질풍과도 같은 과정이 이루어지는 동안 현월의 기척을 잡아내는 이는 아무도 없었다.

현월은 그대로 바람이 되어 허공을 가로질렀다. 허공을 차고 오른 현월이 잠시 주변을 살폈다.

사내의 기척을 찾기 위함이었으나 쉽사리 감지되지는 않았다.

'그새 기척을 감춘 건가?'

현월은 한층 기감에 집중했다. 사내가 극도의 분노와 비애로 흥분 상태였던 만큼 완벽히 기척을 지울 리는 없다고 생각했다.

'찾았다.'

사내의 기척은 의외로 가까운 곳에서 느껴졌다. 현월은 그 방향으로 신형을 날렸다.

서안 서쪽 외곽.

이름 모를 잡초들이 만발한 언덕 위였다.

사내는 그 한가운데에 서 있었다.

꼭 오래되어 허물어져 가는 누각처럼 쓸쓸히 선 사내의 모습은 고적한 느낌을 자아냈다.

그 발치에서는 한줄기 연기가 피어오르고 있었다. 백탄(白炭)처럼 타올라서는 하얀 재를 흘리며 흩어져 가는 무언가가 존재했다. 그게 무엇인지는 구태여 추측할 필요도 없었다.

'그새 화장한 건가.'

아마도 삼매진화를 펼쳐 간이 화장을 한 모양.

화덕도 없는데 백탄화가 될 정도로 불태웠다는 것은 그만큼 사내의 내공이 고절하다는 것을 나타내는 증거였다.

현월은 현인검을 조심스레 뽑아 들었다.

'최적의 기회는 언제나 한 번뿐.'

암살이 지닌 최고의 가치는 다름 아닌 '예측 불가능함'에 있다.

'한 손으로 태산을 가르고 두 다리로 거암을 받치는 초인이라 하더라도…….'

완전히 방심한 상태에선 어린아이의 비수에도 목숨을 잃을 수 있는 것이다.

그렇기에 암살자에게 있어 최적의 기회란 목표물이 예상하지 못한 최초의 일격일 수밖에 없다.

물론 이를 역이용하거나 변형한 심리전 또한 있기는 했지만 역시 최대의 위력을 구가할 수 있는 것은 첫 일격이라 할 수 있었다.

'칼날이 피륙을 가르고 들어가는 그 순간까지 상대방이 눈치채지 못한다면 설령 그것이 인간의 형상을 한 신인(神人)이라 하더라도 죽일 수 있다.'

현월은 호흡을 멈추었다. 이미 최소한으로 낮춰져 있던 기척은 이로써 완전히 영(霙)이 되었다.

바로 그 순간, 현월은 더 이상 이 세상 어디에도 존재하지 않았다.

'죽인다.'

바람에 몸을 실어 한 걸음 내딛었다.

두 번째 걸음으로 바람을 타고, 세 번째 걸음으로 바람 자체가 되었다.

사내는 이제 고운 가루가 되어버린 심유화의 유골을 바라보고 있었다.

스스스.

백탄화된 가루는 바람을 타고 날아가고 있었고, 사내는 가루가 모조리 사라질 때까지 지켜보겠다는 듯 시선을 거두지 않는 중이었다.

이대로 날아들어 칼날을 꽂아 넣으면 끝.

초절정고수라 하여도 버텨낼 수 없다.

'다음 한 걸음으로!'

현월이 사내를 죽이기로 마음먹은 순간이었다.

"난 지금부터 무림맹을 찾아가겠다."

움찔.

하마터면 현월은 기척을 흘트릴 뻔했다. 갑작스럽게 흘러나온 사내의 목소리 때문이었다.

기실 목소리 자체보다도, 거기에 담겨 있는 내용이 현월의 발목을 붙들었다.

"네가 어떻게 죽었는지는 알 것 같다. 백진설이 어떻게 죽었는지 전해 들었으니까. 사실 그때 예상했었어야 했지. 아마 그럴 거야. 놈이 죽었는데 너 혼자 살아 있다는 게 오히려 이상한 거였어. 애써 그 가능성을 부정하긴 했지만 마음 한구석에선 이렇게 되지 않을까 생각하고 있었다."

"······."

현월은 흐트러질 뻔한 기척을 애써 가라앉혔다.

아마도 사내가 말을 걸고 있는 대상은 심유화인 모양이었다.

"네 죽음의 대가를 내놓으라고 요구할 순 없겠지. 백진설도 화무백도 이제는 썩어 문드러졌을 테니. 스승님이나 지천궁주에게 따지는 것도 이치에 맞지 않다. 그들이 내게 거짓말을 한 것은 아니니까. 진실을 숨기긴 했지만."

사내의 몸에서 시커먼 살기가 스멀스멀 흘러나왔다.

특정한 무공의 기운이라기보다는 사내의 신체에 최적화된 아류 무공 같은 느낌이었다.

그렇기에 더더욱 놀라운 것이기도 했다. 대체 어떤 수라장을 겪었기에 아류 무공만으로 저 정도의 기운을 흘릴 수 있는 것일까.

'전장을 구르고 구른 실력자인가?'

그러고 보니 사내에게선 전장의 냄새가 났다.

그자가 십만대산이 아니라 이곳 섬서성에 돌연 나타난 것도 그런 맥락에서 보면 어느 정도는 이해가 될 듯도 싶었다.

"그러니!"

사내가 돌연 일갈했다.

그의 몸 주변으로 강렬한 열기가 소용돌이쳤다.

"네 시신을 모욕한 저 무림맹 놈들에게 우선 죄를 묻는다!"

휘잉!

강렬한 열풍이 언덕을 세차게 흔들었다. 사내의 기염에 바람이 반응하는 것만 같았다.

"어느 한두 놈의 업보가 아니다. 한둘을 찢어발기는 것으로는 성이 차질 않아. 그렇기에 놈들이 가장 소중하게 여기는 자, 무림맹에서 가장 중요한 자를 내 손으로 죽이겠다!"

현월은 자기도 모르게 마른침을 삼켰다.

무림맹에서 가장 중요한 자.

그게 누구인지는 새삼스레 물을 것도 없었던 것이다.

'무림맹주……'

"남궁월!"

힘주어 소리친 사내가 몸을 돌렸다.

"놈을 사냥하겠다. 그러니 방해하지 마라."

"……!"

현월은 아까보다도 더 크게 놀랐다.

분명 사내의 마지막 말은 심유화가 아닌 자신을 향한 것이었기 때문이다.

"기적을 숨기는 능력이 정말 대단하더군. 조금 전까지는 정말로 눈치채지 못했어. 아마 내가 보통의 무림인이었더라면, 설령 짝을 찾기 힘든 절세고수였다 하더라도 네 은신을 간파하지 못했겠지."

"……."

"하지만 난 보통의 무림인이 아니다. 미안하지만 네 은신은 간파되었다."

말로만 떠드는 것이 아니라 실제로 현월이 있는 방향을 똑바로 응시하고 있었다.

현월은 할 수 없이 은신에서 벗어나서는 사내를 담담히 바라봤다.

"놀라운 일이군. 그 누구에게도 간파당하지 않으리란 자신이 있었는데."

"좀 전에도 말했지만 내가 아닌 보통 무림인이었다면 결코 눈치채지 못했을 것이다."

"그게 무슨 뜻이지?"

"냄새."

사내는 별것 아니라는 듯 설명했다.

"전장에서 가장 중요한 것은 냄새지. 모든 흔적엔 냄새가 남아 있는 법이고, 각각의 냄새는 서로 다른 정보를 알려주는 법이다."

"……."

"특히나 혈흔을 머금은 칼날의 냄새 같은 것이라면 말할 것도 없지."

현월은 내심 쓴맛을 느꼈다.

"매번 잘 닦아냈다고 생각했는데."

"닦아내더라도 희미한 잔향은 남는 법이다. 뭐, 나 또한 풍향이 도중에 바뀌지 않았더라면 눈치채지 못했겠지만 말이야."

"대단한 후각이군. 감별사라도 하면 떼돈을 쓸어 담겠는데?"

"평소였다면 그런 재미없는 농담에도 기꺼이 반응해 줬겠지만 지금은 아니다. 기척이 간파당했음을 알았다면 물러가라, 살수."

물론 물러가라 한다고 하여 순순히 물러날 현월은 결코 아니었다.

"꼭 자비라도 베푼다는 듯한 말투로군."

"실제로 그러하니까."

"실제로 그렇다고?"

"그래."

"정말 그렇게 생각하나?"

"한 치의 의심도 없이."

현월은 픽 웃었다.

"기척을 간파당했다고 해서 끝이라 생각하는 게 더 우습군. 미안하지만 난 원래 기습보단 정면 대결을 선호하는 편이다. 네게 기척을 간파당했다고 물러날 생각 따위는 없어."

"피를 봐야겠다는 건가? 보아하니 정파 놈은 아닌 것 같은데."

현월은 움찔했다.

"왜 그렇게 생각하지?"

"네 기운, 결코 그들의 것이 아니니까. 오히려 우리의 것과 더 가깝다는 생각이 드는군."

다시 한 번 간파당했다.

현월은 사내의 눈썰미에 새삼 감탄했다.

'이런 자가 아까 전에는 그런 광기를 표출했었다니.'

하기야 지금도 크게 다르진 않을 것이다. 비분강개를 마음껏 표출했던 아까와 달리 지금은 그저 가슴속 깊은 곳에 갈무리했을 뿐이니.

"내가 당신을 그냥 보내준다면 어쩔 생각이지?"

"아까도 들었을 텐데. 남궁월을 사냥할 것이다."

"무림맹주가 무슨 숲을 노니는 수사슴이라도 된다고 생각하는 건가?"

"그렇진 않다. 하지만 결코 죽일 수 없는 천상의 존재가 아니라는 것쯤은 알고 있지."

"……."

"더 이상 노닥거릴 생각은 없다. 비켜라. 이건 마지막 경고고, 이걸 듣고서도 물러나지 않는다면 너부터 처리할 수밖에."

사내는 그 말을 끝으로 자세를 살짝 낮추었다.

그게 사내 나름대로의 기수식임을 깨달은 현월은 고민했다.

'이자는 위험한 존재다. 하지만……'

어쩌면 남궁월의 비밀을 캐낼 기회를 제공해 줄지도 모른다.

현월로서는 손끝 하나 대지 않고 코 풀 수 있는 기회인 셈이다.

게다가 그는 혈교와도 그다지 우호적이지 않은 듯했다.

애초에 열성 혈교도였던들 전장을 전전하진 않았을 테니 말이다.

"하나만 묻지."

"뭐냐."

"혈교와는 대체 어떤 관계지?"

현월의 물음에 사내는 허탈한 웃음을 지었다.

"혈교와의 관계라?"

"아무래도 댁 또한 혈교와 그다지 좋은 관계라 보기는 어려워 보이는데. 나와 백도 무림의 관계가 그런 것처럼 말이야."

"그런가……"

작게 한숨을 쉰 사내가 대답했다.

"혈교는 나를 버렸고, 나도 혈교를 버렸다. 그 정도면 대답으로 충분할 듯싶군."

"……"

현월은 옆으로 한 걸음 물러섰다.

가도 좋다는 뜻.

그것을 본 사내가 피식 웃었다.

"그 한마디에 마음이 변한 건가?"

"그런 건 아니지만… 나도 무림맹과는 그리 매끄러운 관계가 아니라서."

"……."

"당신이 직접 나서서 분란을 일으켜 주겠다면 나로선 사양할 것 없는 일이지."

"혓바닥은 정말 청산유수로군. 어쨌든 싸우지 않겠다는 뜻으로 알지."

"당신, 이름이 뭐지?"

"소천호. 너는?"

"현월."

"처음 듣는 이름인데."

"나 역시 마찬가지다."

"피차일반이란 거군."

사내, 소천호는 등허리에 멘 봇짐을 살짝 들추어 올렸다.

그 서슬에 보자기 사이로 길쭉한 활대의 끝 부분이 살짝 삐져나왔다.

현월은 그것을 보고 조금 놀랐다.

'궁수였나?'

앞서 선보였던 사내의 전투나 조금 전의 기염 같은 것을 봤을 때 권사나 검수일 거라 생각했었는데 의외로 다루는 무기가 활인 모양이었다.

물론 여러 장병기를 동시에 다룰 수 있다는 뜻인지도 모르겠지만 말이다.

전장을 전전했음을 감안한다면 그편이 설득력이 높았다.

소천호는 거리낌 없는 걸음으로 현월의 옆을 스쳐 지나갔다.

"따라오는 걸 막진 않겠지만 방해는 하지 않는 게 좋을 거다."

"그런 경고가 통할 거라 생각하는 건가?"

"훙."

소천호가 돌연 신형을 쏘아 날아갔다.

현월은 그가 사라진 방향을 바라보다가 이내 뒤를 따랐다.

하나 그 짧은 시간 동안 소천호는 기척을 완전히 감추어 버렸다.

현월도 재차 기감에 집중해 봤으나 아까 전과는 달리 쉽사리 그를 찾아낼 수 없었다.

'한데 대체 어떻게 남궁월을 죽이겠다는 거지?'

남궁월 본인이 지닌 무력을 차치하더라도, 그는 수만 무림맹도들의 비호를 받고 있는 무림맹주다.

맹 내에만 수백에서 수천에 달하는 맹도들이 있을 테고 그들이 겹겹이 배치되어 있는 내부를 계속하여 뚫고 들어가야 겨우 남궁월에게 당도할 수 있을까 말까 할 정도다.

그런 그를 죽인다는 것이 가당키나 한 일일까?

어떤 면에선 황제를 암살하는 것보다도 어려운 일일지 모르는데.

"그자가 움직이기 시작하면 알게 되겠지."

*　　　　*　　　　*

자정.

바람을 타고 흐르는 구름 사이로 달빛이 언뜻언뜻 비치고 있을 때, 신형 하나가 지붕 위에 홀로 섰다.

무림맹 본부로 들어서는 어귀라 할 수 있는 누각의 지붕 위.

시야를 조금만 멀리 향한다면 본부의 중심이라 할 수 있는 군웅전(群雄殿)이 한눈에 보이는 지점이었다.

신형은 등허리에서 기다란 물건을 끌러 내렸다.

유려한 곡선을 그리는 몸통과 그 양극단을 잇는 팽팽한 줄이 하나. 누가 봐도 그게 무엇인지 알 수 있는 모양새였다.

활. 그것도 상당한 무게의 강궁이었다.

신형은 발치 옆에 전통(箭筒)을 내려놓았다.

대충 아무렇게나 던져 놓는 것 같았는데 일말의 소음조차 나지 않았다.

이는 전통의 바닥에 푹신한 가죽을 깔아놓은 까닭이었고, 또한 신형의 손놀림이 실로 예사롭지 않기 때문이기도 했다.

그러는 와중에도 신형의 시선은 군웅전에서 한 치도 벗어나지 않았다.

사실 어지간한 고수라 해도 이 위치에선 군웅전의 전각이 손톱만 한 크기로 보일 터였다. 하지만 신형의 시선은 군웅전의 사소한 형태와 세부 장식까지도 한눈에 담고 있었다.

이는 그에게 있어선 그리 어려운 일이 아니었다.

신형은 거의 주저앉다시피 지붕 위에 앉았다. 역시나 소음은 조금도 나지 않았다. 그러는 동안 몇 개의 횃불이 발아래를 오고 갔다. 정기적으로 맹 내를 순찰하는 무인들이었다.

그들의 순찰 경로와 순찰 시기 등은 머릿속에 각인해 두었다. 구태여 그럴 필요가 없긴 했지만 그의 머리는 본능적으로 사소한 정보까지 하나하나 뇌리에 새겨놓았다.

전장에서 생겨난 습관이었다.

신형, 소천호는 더없이 날카로운 눈으로 군웅전을 노려봤다.

'맹주의 목으로도 네 넋을 위로하기엔 턱없이 부족할 테지만.'

그의 손이 전통 안으로 향했다. 이윽고 손아귀에 들려 올라오는 것은 효시(嚆矢). 이른바 명적, 혹은 우는살이라 불리는 화살로, 화살촉이 있어야 할 자리에 피리가 달려 있었다.

이윽고 두어 대의 화살이 손가락에 붙들려 끌어올려졌다.

각기 살촉이 있는 부분에 젖은 헝겊을 달아두었다. 기름으로 한껏 적셔놓은 화살들이었다.

끼이익.

세 발의 화살 전부를 시위에 걸고는 당겼다. 쉽사리 펼칠 수 없는 묘기였으나 소천호는 약간의 주저함조차 보이지 않았다.

시위를 놓는 순간, 그는 순간적으로 삼매진화의 묘리를 발휘했다.

좌우 양측의 기름 화살이 시위를 떠나는 동시에 화르륵 타올랐다.

파바밧!

세 발의 화살은 각기 눈으로 쫓기 힘들 속도로 허공을 갈랐다. 특이하게도 시위를 떠난 효시에선 별다른 소음이 나지 않았는데, 이는 소천호가 특수하게 개조한 화살이기 때문이었다.

피리의 구멍을 인(燐)으로 막아놓아 어지간한 속도에선 소리가 나지 않지만, 구멍을 막은 인이 타오를 정도의 마찰이 생겨나는 속도로 화살이 날아가게 된다면 얘기가 다르다.

마찰열에 의해 피리를 막아놓은 인이 타오르고, 그 순간부터 피리가 울부짖게 되는 것이다.

빼애애액—!

결과적으로 소천호와 꽤나 떨어진 위치에서 효시가 울부짖었다.

적들은 아마도 엉뚱한 방향에 사수가 있으리라고 생각하게 될 터였다.

그리고 다른 두 방향으로부터는 화염이 솟구쳐 오르기 시작했다.

동시에 날렸던 불화살들 또한 보통 물건은 아니었다. 인과 황을 주재료로 배합한 화약을 기름과 함께 뭉쳐 놓은 것으로, 한 번 불이 붙게 되면 걷잡을 수 없이 타오르게 되는 것이었다.

그 불이 타오르게 되면 단순히 물을 뿌리는 것으로는 진화하기가 어렵다.

특수한 약품인 까닭에 물에 닿을 경우 더더욱 강하게 작용을 일으켰다.

다시 말해, 지금 일어나는 화재를 진압하는 것은 꽤나 어려운 일이라는 것.

소천호는 같은 식으로 두어 발의 화살을 더 날렸다.

각각의 화살은 수백 장을 날아가서는 무림맹 본부의 곳곳에서 타올랐다.

하나같이 본부의 중심부 및 소천호가 있는 자리와는 거리가 멀었는데, 가만히 보아서는 도저히 한 사람의 소행이라고 믿기 어려울 위치였다.

여러 명의 계획적인 습격이라고밖엔 믿을 수 없게끔, 소천호는 그렇게 안배를 해놓은 것이다.

"부, 불이야!"

"적습이다! 적의 기습이다!"

치솟는 화염을 발견한 순찰자들이 호들갑스레 소리치기 시작했다.

그것을 본 소천호는 가만히 시위를 당겼다.

평소라면 그냥 그들을 그냥 내버려 뒀을 것이다.

저런 식의 반응은 적들의 혼란을 가속화하고 평정심을 유지하기 어렵게 만들기 때문이다.

적을 교란하는 데 용이하다면 그것을 구태여 마다할 이유는 없었다.

하지만 지금은 달랐다.

이것은 단순한 전쟁이 아니라 복수의 전쟁이었기에.

쉬릭!

한 발의 화살이 백 장 가까운 거리를 삽시간에 가로질렀다.

파파팍!

우연찮게도 일렬종대로 서 있던 세 명의 순찰자가 한 발의 화살에 사이좋게 꿰였다.

"컥!"

"크극!"

깔끔한 절명.

사람 셋을 뚫고 나간 화살은 담벼락에 처박혀서야 멈추었다.

소천호는 그들이 죽었는지 확인하거나 하지 않았다. 그는 시위에서 손을 놓은 순간 그들 셋의 존재를 머릿속에서 완전히 지웠다.

그야말로 궁극의 궁술과 자기 확신이 있기에 가능한 일이었다.

그는 태평하게 일어나 뒤쪽으로 걸어갔다.

그곳에는 굵직한 동아줄 하나가 길게 늘어져 있었는데, 소천호는 그것을 끌어당겨 아래편에 있는 물건을 끌어올렸다.

도합 수천 발의 화살이 담겨 있는 전통 수십 개가 줄줄이 딸려 올라왔다. 대부분은 시내에서 구입한 싸구려 화살들이었으나 그중 몇 개는 소천호가 직접 제작한 특수 화살이었다.

사실 그에게 있어 화살의 종류는 크게 문제가 아니었지만 말이다.

소천호는 다시금 여유로운 자세로 걸터앉았다.

그가 앉아 있는 지붕 위는 전체적으로 검은 그림자에 가려져 있었다.

주변 건물들이 드리우는 그림자가 미묘하게 그곳을 뒤덮고 있었던 것이다.

이는 현 시각의 달 방향과 건물의 형태가 조화를 이루었기에 가능한 위장이었다.

그는 거기까지 계산에 넣고서 위치를 정한 것이었다.

"불을 진압하라!"

"어서 빨리 물을 길어 와!"

맹 내는 그야말로 아비규환이었다.

갓 잠에서 깬 무인들은 무섭게 치솟아 오르는 화마를 보며 졸음이 확 가시는 것을 느꼈다.

비몽사몽 속을 헤매고 있는 몇몇을 제외하고는 대부분 고래고래 소리를 지르며 진화에 나섰다.

소천호는 가만히 활을 들었다.

그러고는 제법 기계적이기까지 한 태도로 시위를 튕기기 시작했다.

한 호흡에 세 개의 동작이 이루어졌다.

화살을 집고, 시위에 얹고, 당기자마자 놓는다.

그 일련의 동작이 물 흐르듯 이루어졌고, 눈 한 번 깜빡할 순간마다 수십 장은 떨어져 있을 지점의 무인들이 목을 부여쥐고 쓰러졌다.

"꺼억……!"

"뭐, 뭐야!"

"크학!"

공포 섞인 경악성과 단말마의 비명이 번갈아가며 터져 나왔다.

조금 전 동료의 죽음에 기겁하던 무인이 다음 순간 목을 부여잡고는 고꾸라졌다.

죽음 뒤로 이어지는 죽음.

소천호는 수공품을 만드는 장인처럼 기계적으로 반복 작업을 이어갔다. 중간에 전통이 비어서 다른 것으로 교체한 것을 제외하면 그의 작업은 끈질기고도 집요하게 이어졌다.

반각 가까운 시간이 지났을 때, 그의 시야 안엔 그 어떤 무림맹도도 살아 있지 않았다. 물론 그새 맹도들을 전멸시킨 것은 아니고 상황을 파악한 맹도들이 엄폐물이나 건물 뒤로 숨은 것이었다.

저격수의 존재를 그들이 깨닫기까지 죽은 무인들의 숫자만 물경 이삼백은 될 터.

어찌 보면 단칼에 사람 수십을 베어 넘기는 것보다도 섬뜩하고 무서운 일이었다. 소름 끼치는 기술도 기술이거니와 사람 하나하나를 세심히 죽이겠다는 집요함까지 담겨 있었으니까.

비교적 무공 수위가 뛰어난 무인들은 자기도 모르게 치를 떨었다.

"실로 악귀 같은 놈이로구나."

그들은 습격자의 존재에 대해 알 것 같았다. 몇 시진 전 무림맹을 뒤흔들어 놓은 광인의 존재는 거의 모든 이에게 알려져 있었던 것이다.

광인은 서안의 자경단원들을 전멸시킨 후 홀연히 사라졌으며, 추격대를 급히 보냈으나 흔적은커녕 머리카락 하나 찾아낼 수 없었다.

때문에 무림맹의 상층부는 내일 아침에 급히 회의를 소집할 계획이었다.

그런데 그새를 못 참고 곧바로 들어온 것이다.

그리고 수백의 무인들을 꿰어버렸다. 신기에 가까운 궁술로.

"제기랄!"

무림맹의 수호장(守護將)인 질주검(疾走劍) 맥절은 욕설을 내뱉었다.

"개 같은 혈교도 놈! 그깟 계집의 죽음 때문에 이런 미친 짓을 벌였단 말이냐!"

놈더러 들으라고 뱉은 욕설은 아니었다.

꽤나 큰 목소리이긴 했으나 주변이 소란스러운 데다 거리 또한 상당했던 까닭이다. 결국은 자기 혼자 분통을 터뜨리는 것에 지나지 않았으나…

콰직!

다음 순간 그의 입 밖으로 날카로운 화살촉이 튀어나왔다.

"허억!"

"으아악!"

곁에 있던 무인들이 기겁하여 후다닥 물러났다. 앞으로 고꾸라지는 맥절의 뒤에는 구멍 뚫린 석벽이 존재했다.

놀랍게도 저놈은 화살에 강기를 담아 날려 석벽과 맥절을 한데 꿰어버린 것이다.

석벽을 꿰뚫는 실력으로 목조 건물을 꿰뚫지 못할 리 없었다. 사실상 놈 앞에선 엄폐물이란 게 무의미하다는 뜻이기도 했다.

오싹!

무인들의 등허리에 너 나 할 것 없이 소름이 돋았다.

지금은 무림맹의 거대한 건물들도 그들에게 위안이 되지 못했다.

3장

관조하는 자

'놀랍군.'

현월은 내심 감탄했다.

아니, 단순히 감탄뿐 아니라 거의 경악에 가까운 감정을 느끼는 중이었다.

그가 기억하고 있는 미래.

그 속에서, 무림맹은 혈교도들의 대대적인 거병에 의해 짓밟히고 무너지고 무너진다.

긴 시간을 준비해 왔던 유설태와 혈교의 무리는 철저하고도 잔인하게 무림맹을 짓밟음으로써 모든 것을 마무리했다.

하지만 지금.

소천호는 한 대의 강궁과 수백 발의 화살만으로 거의 비슷한 위엄을 뿜내고 있는 중이었다.

물론 무림맹 측에서 아직 진짜배기라 할 수 있는 고수들이 나서지 않았다. 혼란스러운 상황 때문인지, 소천호의 위치부터 알아낸 후 나서려는 것인지는 아직 알 수 없었지만 말이다.

그렇다 하더라도 그의 공습은 충분히 효과적이었다. 단신임을 생각한다면 더더욱.

화르륵!

타오르는 불길은 현월이 있는 곳에서도 충분히 확인 가능했다.

특수 제조된 화약에 의해 촉발된 불길은 주변의 목조 건물들을 게걸스럽게 탐식하며 무시무시하게 세를 불리는 중이었다.

설상가상으로 바람까지 맹렬히 불어닥치고 있었다.

화마가 한층 세를 불려 무림맹 본부를 집어삼키게 되리란 것은 그야말로 명약관화(明若觀火)라고 할 수 있을 터였다.

어쩌면 소천호의 화살보다도 저 불길이 훨씬 효과적이고 무서운 수단인지도 몰랐다.

물론 직접적인 살상력을 지닌 쪽은 당장으로썬 화살일 테지만 말이다.

한 발에 하나씩.

소천호는 착실히 무인들을 절명시키고 있었다. 화살이 지닌 위력도 위력이지만 정말 놀라운 것은 그 정확도에 있었다.

어두운 밤인 데다 곳곳에서 일어난 화마에 의해 빛과 그림자가 어지러이 뒤엉켜 시야는 완전히 엉망일 수밖에 없는데, 소천호는 별반 어려움 없이 화살을 날려 무인들을 고꾸라뜨리고 있었다.

이런 신기(神技)는 현월로서도 따라 할 수 없는 것이었다.

암천비류공에 의해 어둠 속에서 그 능력이 확장되더라도 말이다.

'하지만…….'

그 저력이란 면에 있어선 무림맹 또한 결코 만만치 않다.

애초에 한 사람의 고수에 의해 무너질 거였다면 유설태가 그 긴 세월을 인고하지도 않았을 것이다.

'그러고 보니 놈은 지금 저곳에 없군.'

현월은 유설태의 부재에 아쉬움을 느꼈다.

조금만 달리 생각한다면 지금처럼 혼란스러운 때야말로 유설태를 해치우기에 최적의 기회라 할 수 있었으니까 말이다.

'놈은 지금쯤 어디에 있을까.'

얼추 짐작은 갔다.

상황을 유추해 본다면 그가 휴가를 낸 것은 혈교 내의 혼란을 방지하기 위함일 터였을 테니까.

지금쯤 유설태는 십만대산에 있을 터였다.

'그러면 나는 이제 어떻게 해야 하지?'

사실 현월로서는 내심 고민되는 것이 사실이었다.

이러나저러나 현월의 진정한 적은 혈교. 그리고 무림맹은 미우나 고우나 그 혈교에 대적할 수 있는 유일한 집단이었다.

소천호는 그러한 무림맹의 무인들을 미칠 듯이 학살하는 중이었다. 그것만 놓고 본다면 그를 막아야 하는 것이 올바른 일이었다.

'하지만……'

변수가 있다면 얘기가 달라진다.

현월에게 있어 그 변수란 물론 무림맹주 남궁월이었다.

회귀하기 전의 무림과 회귀한 이후의 무림. 그 양쪽 세계 모두에 존재함에도 불구하고 현월이 기억하는 것과 전혀 다른 유일한 존재.

사실 유설태까지 포함해 유이(有二)하다고 해야겠으나 기실 유설태의 경우엔 현월이 그 진면목을 몰랐던 것뿐이니 역시 남궁월이 유일하다고 하는 것이 옳을 터였다.

그랬다. 지금 이 무림에 존재하는 남궁월은 현월이 기억하고 있던 그 남궁월과 너무나 달랐다.

그리고 그 사실 하나만으로도 그를 경계해야 할 당위성은 충분했다.

'그 누구도, 그 무엇도 믿어선 안 된다.'

어쩌면 작금의 무림맹은 현월이 기억하던 예전의 무림맹과 전혀 달라져 있을지도 몰랐다.

회귀하기 이전 세상에서의 무림맹이 현월 자신에 의해 어둠으로 물들어갔다면, 작금의 무림맹은 다른 원인으로 인해 또 다른 어둠에 물들어가고 있는 것인지도 몰랐다.

그리고 만약 진정으로 그런 것이라면…

'저자를 저지해선 안 된다.'

현월은 그렇게 생각했다.

어떻게 보면 소천호의 존재는 일종의 돌파구라 할 수도 있었다.

현월 못지않은 무위를 지녔으며 현월과는 이해관계가 완전히 동떨어져 있는, 그렇기에 성공 여부에 상관없이 현월에게 피해를 끼치지 않는.

다만 현월과 비슷한 상처를 안고 있을 뿐이다.

'그렇다 하더라도 나로선 그저 가만히 앉아 상황의 추이를 지켜보기만 할 따름이다.'

거듭 속으로 중얼거리는 현월이었다.

*　　　*　　　*

남궁월은 군웅전 내부의 화원에 있었다. 달빛을 받으며 서 있는 그의 곁으로 문관 차림의 중년인이 급히 다가왔다.

군사부의 요원 중 한 사람인 만지수(萬知首) 사마용이었다.

그는 유설태를 대신하여 군사직을 일시적으로 맡고 있었는데, 상황을 보고하기 위해 황급히 남궁월을 찾아온 것이었다.

"급습입니다, 맹주님! 아무래도 혈교의 고수가 쳐들어온 듯싶습니다!"

"알고 있네."

"예?"

"이 정도 기염을 토해내는 사내의 존재, 감지하지 못한다면 그것은 심각한 결례가 될 테지."

"맹주님……."

남궁월은 가만히 시선을 들어 허공을 응시했다. 정확히는 그 한가운데에 걸린 새하얀 달을.

바깥에선 화마가 치솟고 검은 연기가 하늘을 뚫을 기세로 뿜어져 나오는 중이었지만 이곳 군웅전 내의 화원에서는 그 사실을 알 도리가 없을 듯했다.

주변은 이상할 정도로 고요했으며 하늘은 몇 점의 구름을 제외하면 칠흑, 그 자체였다. 바깥의 소란이 이해되지 않을 정도의 고적함과 평화로움이 화원 내를 가득 채우고 있었다.

아마도 그것은 남궁월이란 사내의 존재감에 기인한 것이리라.

그 어떤 강적이 나타난다 하더라도 이 사람만 곁에 있다면 천군만마에 둘러싸인 것보다도 든든하리라는 느낌.

조금 전까지 호들갑을 떨던 것이 무색해질 정도의 존재감을 남궁월은 은은히 뿜어내는 중이었다.

"이미 공을 다투는 무사들이 나섰을 거라 생각하네만."

"예? 아, 예, 사실 출정을 명해달라고 찾아온 이들이 부지기수고 그중 성질 급한 몇몇은 이미 뛰쳐나간 실정입니다."

"공을 바라는 자들에게 바라는 대로 행하라 전하게. 그것이 신궁(神弓)의 복수행에 걸맞는 예우일 테지."

"……!"

사마융은 두 번 놀랐다.

우선 화원에 틀어박힌 채로 습격자가 궁수라는 것까지 알아낸 남궁월의 신묘함에, 그리고 그가 언급한 복수행이라는 단어에.

"복수행……! 그렇다면 지금 저 흉수가 복수를 위해 쳐들어온 것이란 말씀인지요?"

"모든 정황이 그 답을 가리키고 있지 않나?"

남궁월이 담담히 말했다.

"어제 오후에 있었던 일을 생각해 보게."

"아! 그렇다면 그 연쇄 살인마가……?"

"그렇다네."

살인귀가 심유화의 수급을 취하고 종적을 감췄다는 것은 이미 보고를 통해 들은 바였다.

하지만 설마 그가 이렇게까지 예표를 찌르는 방식을 택할 줄이야.

'역시 미치광이다 그건가?'

사마용은 숨이 턱 막히는 기분이었다.

"그 살인귀는 복수를 위해 아예 무림맹 자체를 지우기로 결심한 걸까요?"

"아마도 그런 것일 테지."

"믿을 수가 없습니다. 설마 그렇게까지 뒤틀린 자가 진정으로 존재할 줄은……."

"인간을 너무 우습게 보지 말게."

"예?"

"인간이 지닌 악의는 끝이 없으며 인간이 지닌 집념은 세상 그 무엇보다도 강한 법일세. 그것을 우습게 보고 간과하는 순간, 자네는 미처 예상하지 못한 시점에 예상치 못한 일격과 맞닥뜨리게 될 것이네. 그때 가서 후회한들 돌이킬 수 있는 것은 없을 테지."

"맹주님……."

남궁월은 시선을 돌려 사마용을 응시했다. 주먹과 병기보다는 먹물과 붓이 더 친숙한 사마용임에도 남궁월의 고적한 눈빛 아래 존재하는 것이 무엇인지를 대번에 알 것 같았다.

떨림 하나 없는 수면 아래에 도사리고 있는 것은 언제 폭발할지 모르는 용암과도 같은 기세였다.

'어째서?'

한순간 사마용의 뇌리를 스치는 생각이었다. 무림의 정점인 이 사내, 건실하게 무림을 경영하는 중이라 평가받고 있는 위대한 맹주는 대체 왜 저러한 격정을 품고 있는 것일까?

단순히 혈교에 대한 적개심 때문일까?

그렇지는 않을 터였다. 이미 혈교는 멸망한 것이나 다름없지 않던가.

'그게 아니면 내가 모르는 뭔가가 있는 걸까?'

하기야 저 미치광이나 패도궁주 백진설이 활개를 쳤었던 것을 생각해 본다면 영 틀린 생각은 아닐지도 모르겠다.

어쩌면 무림인들이 생각하는 바와 달리 혈교가 생각 이상으로 힘을 회복한 것일 수도 있었다.

'정녕 그런 거라면……!'

사마용은 이를 악물었다.

맹주가 품고 있는 격정이 이해가 갔다. 전 무림을 통틀어 최강의 무인인 그는 다가오는 전쟁을 대비하고 있는 것이리라.

사마용 또한 가슴 한구석이 격앙되는 것을 느꼈다.

'아니야. 아니다. 전쟁을 대비하는 것이 아니다. 우리는 이미 전쟁의 한복판에 들어와 있다!'

이미 수백에 달하는 무인들이 죽었다.

화마가 무림맹 본부를 갉아먹고 있는 중이며 이는 지금도 진행 중이었다.

이 밤이 지나고 햇살이 서안의 사위를 비출 즈음엔 과연 얼마나 많은 시체가 길바닥 위에 널브러져 있을지 감히 상상조차 할 수 없었다.

이것이야말로 전쟁이 아니면 무엇이겠는가?

이미 혈교는 백도 무림을 상대로 검을 빼 든 것이나 마찬가지였다.

"가게."

남궁월이 입을 열었다.

"가서 상황을 예의 주시하며 변수에 대처하게."

"예, 맹주님."

사마용은 표정을 굳힌 채 화원을 빠져나갔다.

남궁월은 감정 없는 시선으로 그의 뒷모습을 바라봤다.

이윽고 홀로 남게 된 그의 얼굴에 처음으로 감정의 편린이 떠올랐다.

그것은 명백한 비웃음이었다.

"어리석은 것들."

남궁월은 우습기 그지없다는 듯 입매를 비틀었다.

"심유화의 복수를 하고자 하는 궁수라… 보나마나 소천호 놈이겠군. 수백에 이르는 사상자가 생긴 걸 봐선 정말 머리끝까지 돌아버린 모양인데. 아무래도 맹의 출혈이 꽤나 크겠어."

그는 여유로운 태도로 팔짱을 꼈다.

수백의 무인들이 죽든 말든 개의치 않는다는 듯한 태도였다.

그리고 실제로도 그러했다.

"혈교 쪽은 아직 이 사실을 모를 듯하군. 어쩌다 소천호 놈이 이곳으로 온 것이지? 지난번엔 곧장 십만대산으로 갔었는데 말이야. 하여간 변수가 또다시 작용한 모양이로군."

그는 관망자라도 되는 듯한 느긋한 태도였다.

그리고 그러한 분위기는 그의 목소리에서도 여실히 풍겨 나왔다.

"현월, 그놈도 지금쯤 이곳에 와 있을 테지. 지난번과 달리 이번엔 바로 대면하기가 어려우려나? 뭐, 놈의 성격대로라면 결국은 나를 찾아오게 되겠지만 말이야."

평소 남궁월을 감싸고 있는 근엄한 어조는 사라진 지 오래였다.

그는 그저 재미있는 구경거리를 앞에 둔 어린아이처럼 연신 재잘거릴 따름이었다.

"이번엔 내가 놈을 찾아가는 것도 괜찮을 테지."

남궁월의 입가가 한층 비틀렸다.

"즐길 정도는 되어야 할 텐데 말이야."

4장

불꽃의 나비

픽! 픽! 픽!

연신 두개골이 꿰뚫리고 뇌수가 터져 나갔다. 엄폐 중이던 무인들에게 여지없이 죽음의 화살이 날아들었고 곧 무인들은 돌이킬 수 없을 정도의 공황 상태에 빠져들었다.

"우악! 우와아악!"

이성을 잃은 채 비명을 토해내는 무인. 멀리 떨어진 위치에서도 그의 목소리를 여지없이 잡아낸 소천호가 그 방향을 향하여 활을 돌렸다.

시위를 놓는 손가락.

허공을 건너지르는 화살.

여지없이 꿰뚫려 나가는 엄폐물 너머의 머리통.

또 하나의 죽음이 선고되었다.

하나의 죽음은 열의 공포를 낳고, 열의 공포는 백의 혼란을 만들어냈다.

그렇다면 백의 혼란이 야기하는 것은……?

파파팟!

내내 기계적으로만 움직이던 소천호의 움직임에 처음으로 경직이 생겼다.

그를 향해 무서운 기세로 쇄도하는 몇 개의 신형을 감지한 까닭이었다.

그 순간 그의 머릿속에 떠오르는 것은 아쉬움이었다.

'더 죽이고 싶은데.'

쉬익!

얼마 떨어지지 않은 위치로부터 신형 하나가 수직으로 솟구쳤다.

마침내 소천호의 위치를 찾아낸 무인이 삽시간에 접근하여 모습을 드러낸 것이었다.

"여기 있었구나, 악도여."

엄숙하기까지 한 어조.

낮은 목소리로 중얼거리는 무인의 육체는 격앙되어 있었

다. 강한 적수를 만났다는 흥분감과 아군이 당한 데 대한 복수심.

그뿐이 아니다.

적에 대한 맹렬한 적개심과 무림인이라면 누구라도 지니고 있을 원초적인 살의까지.

한 사람의 무인이 소유할 수 있는 거의 모든 감정이 한데 뒤엉켜서는 격류처럼 몰아치고 있었다.

그 강렬한 물살을 육체가 견뎌내는 것이 용할 지경이었다.

무림맹의 무사는 그 모든 감정을 한마디에 응축시켰다.

"나는 너를 죽이겠다."

소천호는 잇새를 악다물며 웃었다. 가지런한 치아가 빛을 토한 순간, 무림맹 무사의 신형이 쏜살처럼 소천호를 향해 쇄도했다.

그리고 그것은 소천호 또한 마찬가지.

그는 보이지 않을 정도의 손놀림으로 살을 메겨서 날렸다.

피잉!

두 개의 흑선이 허공을 가로질렀다.

무인의 신형과 화살의 궤적이 한순간 평행선을 만들었고, 다음 순간 두 개의 개체는 서로의 반대 방향으로 영영 멀어졌다.

소천호를 스쳐 지나간 무인의 몸이 바닥으로 추락했다.

떨어져 내리는 그의 왼쪽 가슴엔 휑하디휑한 구멍이 나 있었다.

한 발의 화살에 강기를 담아 발사함으로써 소천호는 그의 심장을 통째로 도려낸 것이었다.

"흠, 제법이군, 저 녀석."

소천호는 나직이 중얼거리며 왼쪽 엄지손가락으로 뺨을 슥 문질렀다.

채 온기가 가시지 않은 액체가 손가락 끝에 묻어 나왔다.

"피 흘려본 게 얼마나 됐는지 기억도 안 나는데 말이지."

피라고 해 봐야 상처는 그저 자그마한 생채기에 불과했다.

내달리던 도중 나뭇가지에 스치더라도 이 정도 생채기는 충분히 생길 터.

그래도 그 정도의 성과나마 낸 것만으로도 무인을 칭찬하기엔 충분했다.

"과연 무림맹이라는 건가."

여유롭게 중얼거리는 소천호였으나 그의 기감은 사방에서 동시다발적으로 접근해 오는 적들의 움직임을 일일이 쫓고 있었다.

'전후좌우 골고루 쳐들어오는군. 실력은 조금 전 죽인 놈보다 약간 낫나.'

복수행을 시작한 이래 가장 강한 적수들이라 할 수 있었다.

기실 지금까지는 적이 아닌, 움직이는 과녁만 상대해 온 것이나 마찬가지였으니 말이다.

"할 수 없지."

혼잣말을 중얼거린 소천호가 돌연 전통들을 발로 툭툭 차기 시작했다.

팟! 파바바밧!

툭툭 찼다고는 하나 그것은 다름 아닌 초절정고수의 발길질이었다.

가볍게 차인 것만으로도 전통들은 수십 장 거리를 절그럭거리며 날아갔다.

그런 와중에도 내부에 담긴 화살들은 조금도 상하지 않았으니 소천호의 각력과 내공 제어력이 어느 정도인지 가히 짐작할 만했다.

소천호는 마지막 남은 전통을 허리춤에 찼다. 그런 다음 빈 전통들을 다시금 걷어차기 시작했다.

이번엔 공격용이었다.

쉬익!

빠르게 날아가는 전통의 너머로는 무림맹의 무사들이 존재했다.

그들은 급격히 쇄도해 오는 전통을 보며 미간을 찌푸렸다.

'고작 이 정도로 위협이 되리라 생각한 것인가?'

그들로선 어처구니가 없을 따름이었다. 물론 전통을 걷어차는 동시에 내력을 담아서 파괴력을 높이기야 했을 테지만 그래 봤자 결국은 화살 담는 가죽 통에 불과한 물건이었다.

피할 가치조차 없다. 무인들은 신경질이 나는 것마저 느끼며 각자의 방식으로 전통을 쳐내거나 쪼개거나 찢어발겼다.

그리고 그 너머에 존재하는 것에 경악했다.

'화살!'

소천호는 그 짧은 사이에 신기에 가까운 궁술로 화살을 날린 것이었다.

그리고 각각의 화살은 날아가는 전통의 뒤편에 바짝 붙은 것이었다.

각 무인들의 시각에선 도저히 보일 수 없는 지점. 거의 딱 달라붙다시피 했던 만큼 기감을 통해 알아내는 것도 불가능에 가까웠다.

그런 와중에도 전통을 꿰뚫거나 하지는 않았다. 말 그대로 뒤에 딱 달라붙게만 만들었을 뿐.

형용하기 힘들 정도의 신기라 할 수 있었다.

그리고 그 결과는 치명적이었다.

'큭!'

'제기랄!'

피하지 않은 것이 패착이었다.

구태여 정면 돌파를 택한 까닭에 화살을 피할 여유가 완전히 사라져 버렸다.

결국은 앞서와 마찬가지로 쳐내거나 방어하거나 흘려내는 것이 최선.

한데 문제는 이것이 발로 찬 전통과는 그 수준이 완전히 다르다는 점이었다.

퍼퍼퍼퍽!

가죽을 두들기는 요란한 소리가 어둠 속에서 울렸다. 처음 쇄도해 오던 것과 달리 심하게 비틀거리는 신형들이 지붕 위를 수놓았다.

무인들의 상태는 하나같이 그다지 좋지 않았다. 가장 양호한 무인조차 허벅지에 화살이 박힌 채로 절뚝거리고 있었다.

어떤 무인은 어깨가 헤집어지다시피 했고, 또 다른 무인은 팔뚝이 반쯤 끊어져서는 약간의 살점만이 매달려서는 대롱거리고 있었다.

그나마 그들은 운이 좋은 편이었다.

걸레짝 같은 몰골이 되었다고는 하나 그래도 목숨은 건졌으니까.

불운한 세 사람은 그대로 고꾸라져선 일어나지 못했다.

각기 급소에 화살을 맞은 불운한 이들이었다.

"……."

소천호는 사냥감에게 보내는 것 이상의 감정을 드러내지

않은 채 그들을 응시했다. 이미 그의 두 팔은 다음 번 시위를 메기는 중이었다.

"네놈……!"

겨우 입을 연 무인이 캭 하고 각혈을 했다. 소천호의 화살은 단순히 피부를 찢고 뼈와 관절을 부수는 것에만 머무르지 않고 강력한 타격력으로써 그들의 내부까지 진탕으로 만든 뒤였다.

내장이 송두리째 뒤집히는 듯한 강렬한 격통이 무인의 몸을 뒤흔들었다. 그는 겨우 한마디만을 내뱉은 채로 헐떡였다.

"아, 악도……."

퍼억!

미간을 꿰뚫린 무인의 몸이 뒤로 널브러졌다. 다른 무인들은 이를 딱딱 부딪치며 전율했다.

그들은 지금 이 순간 무림맹의 무인이 아니었다. 그뿐 아니라 한 사람의 무인, 나아가 하나의 인간조차 되지 못했다.

그저 사냥감.

그들은 철저히 쫓기고 달아나는 사냥감이었다. 사냥감의 본분은 달아나는 것.

결국 그들은 그런 본분을 잊은 채 사냥꾼에게 달려들고 만 셈이었다.

본분을 잊은 결과는 하나뿐.

퍼퍼퍽!

화살의 형상을 한 절대적인 죽음이 그들을 엄습했다. 조금 전까지만 해도 최소한의 숨이 붙어 있던 무인들은 다음 순간 철저한 무정물이 되어서는 지붕 아래로 추락했다.

와장창!

기왓장이 깨져 나가는 소리가 소름 끼치게 울렸다. 하지만 소천호는 그 일련의 과정에서 그 어떤 감정도 느끼지 않았다.

이건 그의 일상과도 같은 것이었기에.

화살을 어깨에 걸친 그가 신형을 날렸다.

이 전투가 시작된 이래 처음으로 위치를 옮긴 것이었다.

애초에 전통들을 발로 차 날린 것도 이 때문이라 할 수 있었다.

위치가 발각됐다는 것 때문에 두렵거나 한 것은 결코 아니었다. 다만 그럴 땐 자리를 바꾸는 것이 지극히 당연하다는 게 몸에 습관처럼 각인되어 있을 따름이었다.

옮겨진 자리는 조금 더 높은 지대의 건물 위였다.

이번엔 시야에 들어오는 적의 숫자가 조금 전보다 많았다.

그랬기에 소천호는 약간이지만 흡족함을 느꼈다.

"나쁘지 않군."

그는 다시 반복적인 사격 작업을 시작했다.

작업.

확실히 그의 사격은 다른 어떤 표현보다도 작업이란 단어가 어울릴 듯했다.

살의를 담았다기보다는 차라리 무심하기 그지없는 그 일련의 동작들에는 말이다.

조금 전과 다른 방향에서 화살들이 날아들기 시작하자 무인들은 재차 기겁했다.

"놈에게 동료가 있다!"

그들의 오해를 탓할 수만도 없었다.

수백이 죽어가는 동안 우직하게 한 자리만을 고수하던 적이 이제야 위치를 바꿨다고 생각하기란 어려운 일이었으니까.

그 시점을 기점으로 전황에 몇 가지 변화가 생겼다.

우선은 끝 갈 데 없이 치솟아 오르던 화마가 조금씩 제압되기 시작했다.

최초의 연료였던 특수 화약이 모조리 소모된 지 오래인 데다 무인들의 진화 작업이 드디어 빛을 보기 시작한 것이다.

애초에 무림맹 본부 자체가 마을 한두 개쯤은 들어갈 만한 광활한 공간 위에 세워진 바, 초고수인 소천호라 하더라도 그 전역을 감시하고 공격할 수는 없는 노릇이었다.

그리고 비록 수백이나 되는 무인들이 죽었다고는 하나 무림맹의 전 인원에 비하면 그렇게까지 어마어마한 숫자는 아니라 할 수 있었다.

또 하나의 변화는, 소천호의 화살이 통하지 않는 상대들이 나타났다는 점이었다.

"어딜!"

쇄도하던 화살이 돌연 휘둘러진 검격에 의해 부러져 나갔다.

또 다른 화살은 강력한 호신강기에 막혀 힘을 잃고는 튕겨졌다.

인상적인 모습을 보이며 등장한 무인들. 그들을 본 무림맹 도들이 환호성을 토했다.

"섬서삼걸이다!"

달라진 위치를 향해 세 명의 고수들이 내달리기 시작했다.

그들을 본 소천호도 내심 냉정을 되새겼다.

비록 정조준을 당한 상태는 아니었다 하더라도 그의 화살을 무력화했다는 것은 그만큼 빼어난 실력이란 증거였다.

소천호가 세 발의 화살을 동시에 날렸다. 맨 처음 펼쳤던 것과 같은 수법.

한꺼번에 시위를 떠난 화살들이 섬서삼걸을 향해 무시무시한 기세로 날아갔다.

"흥!"

"같은 수법은 통하지 않는다!"

타타탕!

밤의 어둠 위로 세 줄기 불꽃이 튀어 올랐다.

그것만으로도 소천호의 화살이 지닌 위력을 체감할 수 있었으나 어찌 되었든 세 발의 화살은 모조리 무력화되었다.

드디어 지척까지 접근한 섬서삼걸이 협공에 들어갔다. 그들은 자신감을 갖되 자만하진 않겠다는 듯 실로 정석적인 형태의 협공을 전개했다.

'둘이 다리를 묶고 하나가 급소를 노린다!'

좌우의 두 무인이 소천호를 압박했다. 처음엔 거리를 벌리고 화살을 날리려던 소천호였으나 그들은 좀처럼 거리를 내주지 않은 채 연신 검격을 펼쳐 소천호를 몰아붙였다.

"쳇."

소천호는 할 수 없이 강궁을 몽둥이처럼 쥐고 휘두르기 시작했다.

그것을 본 섬서삼걸의 눈이 살짝 커졌다.

"이 무슨 무식한……!"

카앙!

말을 채 잇지 못한 채 뒷걸음질 치는 사내.

섬서삼걸 중 으뜸이라 불리는 한수일검(漢水一劍) 문명열이었다.

그의 얼굴에는 당혹감과 황당함이 동시에 서려 있었는데, 검 끝에 와 닿는 느낌이 보통 활의 그것과는 전혀 달랐던 것이다.

"강철로 활대를 만들었단 말인가?"

"백년현철(百年玄鐵)이지, 정확히는."

친절하게 문명열에게 대꾸해 주는 동시에 강궁을 휘두르는 소천호였다.

강철로 이루어진 몸체에 강기까지 덧씌워지니 강궁은 이내 하나의 철곤으로 화하여서는 섬서삼걸을 밀어붙이기 시작했다.

카카카카카캉!

연속적으로 이어지는 스무 차례의 공방. 허공 위로 연신 날카로운 불꽃이 튀어 올랐다.

처음엔 섬서삼걸이 소천호를 밀어붙이는 모양새였으나, 열 번째 공방을 넘어가는 시점에선 소천호가 조금씩 역전하기 시작하더니 결국 스무 번째가 됐을 때엔 소천호가 일방적인 공세를 점하게 되었다.

"크윽!"

"제기랄!"

나직이 욕설을 내뱉으며 물러나는 섬서삼걸.

그들의 얼굴에 당혹감이 스쳤다.

'이놈……!'

'활만 쏠 줄 아는 것이 아니다!'

섬서삼걸은 내심 당황했다.

어떻게든 지척까지 접근하기만 하면 자신들의 승리라 생각했는데 아무래도 그 생각을 수정해야 할 필요가 있을 듯했다.

'하지만…….'

'어떻게 해야 하지?'

그들은 재차 난감함을 느꼈다.

기실 활은 무림에서 생각만큼 쉽게 접할 수 있는 병기가 아니었다.

궁도라는 표현도 있거니와, 활이라는 무기는 그 수양에 있어 여타 병기에 비해 들어가는 정신적 노력이 갑절은 되는 까닭이다.

단순히 육체를 단련하고 동일한 투로를 반복, 또 반복하는 것만으로는 활의 극의를 깨칠 수 없다.

활이란 우선적으로 공간을 이해하고, 시간을 이해하며, 마지막으로 표적의 움직임까지 이해해야만 하는 병기였다.

그 섬세함과 복잡함이란 여타 병기가 감히 따라갈 수 있는 것이 아니었다.

그런 만큼 낯설 수밖에 없다.

낯선 만큼 어려울 수밖에 없다. 어려운 만큼 압박이 될 수밖에 없다.

게다가 유일한 맹점이라 할 수 있는 근접전의 취약함까지 통하지 않는다면?

그들로서는 택할 방법이 실로 궁해지는 셈이다.

'하지만!'

그렇다고 해서 어설프게 거리를 벌렸다간 소천호가 곧장 사격에 들어갈 터.

섬서삼걸로서는 그저 죽이 되든 밥이 되든 밀어붙이는 것만이 최선이었다.

다행히 상황은 그들의 편이었다. 다른 무인들도 합세하기 위해 쇄도하고 있었던 것이다.

"돕겠소, 섬서삼걸!"

"욕심을 버리고 협공합시다!"

소천호는 삽시간에 스무 명 가까운 무인들에게 포위당했다.

하나같이 섬서삼걸에 비해서 크게 떨어지지 않는 실력자들이었다.

상황을 통제하게 됐음을 깨달은 문명열이 입을 열었다.

"악도여, 대체 왜 이런 짓을 벌인……."

쐐액!

대답 대신 화살이 날아들었다.

문명열은 가까스로 고개를 틀어 화살을 피했다. 하지만 완전히 피하지는 못했고, 이내 확 올라오는 열기를 느끼며 뺨을 움켜쥐었다.

"크으윽……!"

그의 뺨이 세 치쯤 찢어져 있었다. 찢어진 깊이도 상당한지라 상처 부위로 혀를 집어넣으니 뺨 바깥쪽으로 끄트머리가 삐져나올 정도였다.

"네, 네놈!"

"생사가 오가는 전장에서 한가로이 훈계질이나 하려 하다니. 너희는 역시 어쩔 수 없는 놈들이로군."

소천호의 목소리엔 감정이 없었다. 그를 포위하고 있던 무인들은 도리어 자신들이 궁지에 몰린 것이 아닌가 하는 착각을 한순간 느꼈다.

"너희는 어쩔 수 없는 사냥감들이다. 아무리 단련한다 한들 결코 사냥꾼이 될 수 없어."

"네노오오옴!"

흥분한 문명열이 신형을 날렸다. 다른 무인들이 미처 반응하지도 못한 시점이었다. 모두들 예기치 못한 상황에 한순간 얼어붙었고 결과적으로 소천호를 협공할 엄두를 미처 내지 못했다.

그 와중에 움직이는 사람은 결국 소천호 하나뿐이었다.

쉬리리릭!

문명열의 성명절초라고까지 불리는 한수낙하(韓水落下)의 초식이었다. 비 오는 날 불어난 폭포처럼 맹렬한 기세로 몰아치는 내리 베기.

그 강렬한 기세는 강궁과 소천호를 통째로 양단해 버리겠다는 살의의 발로와도 같았다.

소천호는 무식하게 정면 승부를 벌이지 않았다. 벌인다손 치더라도 자신이 밀릴 거라고는 생각하지 않았지만 그렇다 하여 굳이 더 귀찮은 길을 택할 이유 따위는 없었다.

결국 그가 택한 것은 뒤로 물러나는 동시에 화살을 날리는 것. 간단하고 단순하지만 그렇기에 효과적인 방식이었다.

쐐액!

쇄도하는 화살을 본 문명열은 내심 코웃음을 쳤다. 화살은 그야말로 눈 깜짝할 새에 쇄도했지만 문명열의 검격 또한 이를 떨어뜨릴 만큼 빠르고 날카로웠다.

그의 검이 화살을 반으로 쪼갰다.

실로 놀랍도록 예리한 검격!

쨍강!

촤아악!

다음 순간 걸쭉한 액체가 문명열의 몸에 달라붙었다. 문명열은 그 순간 자신이 반으로 쪼갠 것이 화살이 아니라 화살 끝에 달린 자그만 사기(沙器)라는 것, 그리고 그 사기 안에 담겨 있던 액체가 터져 나와 자신의 몸을 적셨다는 사실들을 깨달을 수 있었다.

'이것은……?'

희미한 냄새가 후각을 자극했다.

그 순간 문명열의 시선은 소천호의 손끝을 향하고 있었다.

삼매진화. 그의 손가락 끝에서 튕겨져 나온 자그마한 불씨가 꽃밭을 노니는 한 마리 나비처럼 나풀거리며 다가왔다.

그리고 그의 몸에 살포시 내려앉았다.

"기름?"

화르르륵!

문명열의 몸뚱이 위로 노란빛의 화염이 폭발적으로 솟구쳐 올랐다.

화마에 휩싸인 문명열 본인보다도 멍하니 지켜보던 다른 무인들이 갑절은 더 놀랐다.

"하, 한수일검!"

"이럴 수가!"

문명열이 두 팔을 버둥거리며 허우적거렸다.

"끄아아아아!"

짐승이 토해내는 듯한 처절한 비명이 흘러나왔으나 잠깐에 불과했다. 화마는 삽시간에 그의 기도 및 식도를 불태웠고, 다음 순간 안구와 뇌수를 송두리째 끓어오르게 만들었다.

내공을 통해 화마를 가라앉히지도 못했다. 문명열은 삽시간에 불타서는 널브러졌다.

"네, 네놈!"

경악과 공포에 무인들이 치를 떨었다.

소천호는 그 와중에도 침착했다.

"말했잖아. 너희는 사냥감일 뿐이라고."

"미, 미친놈!"

어느 무인이 반사적으로 일갈했다.

그러나 그 외침은 도리어 소천호를 자극하기만 했을 따름이었다.

"더 울부짖어 봐라. 공포를 느끼고 비명을 질러봐라."

소천호는 그들에게 선언하듯 말했다.

"그럴수록 유향의 넋은 위로받게 될 테니."

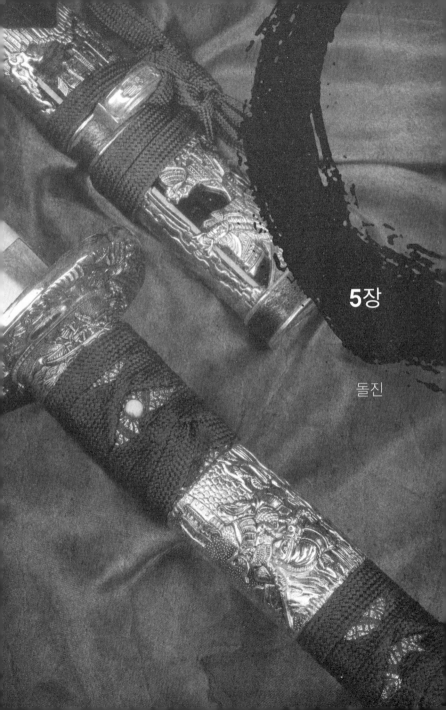

5장

돌진

　지붕 위를 구른 문명열의 사체가 바닥으로 떨어져 내렸다.

　철푸덕!

　소리가 나는 순간, 소천호의 신형은 나머지 두 섬서삼걸 사이로 쇄도하고 있었다.

　"크윽!"

　"이이익!"

　두 섬서삼걸은 황급히 거리를 벌렸다.

　어쭙잖게 근접했다가 문명열의 전철(前轍)을 밟게 되지 않을까 싶었던 까닭이다.

그러나 그것은 곧 소천호의 영역. 다시 말해 사격이 가공할 위력을 발휘하는 지점까지 물러났다는 의미이기도 했다.

소천호는 그 기회를 놓치지 않았다.

쉬릭!

섬전보다도 빠르게 두 발의 화살이 어둠을 갈랐다.

무시무시한 파공음이 스치고 지나간 순간, 그를 포위하던 이십여 명의 무인들은 자기도 모르게 침음을 삼킬 수밖에 없었다.

"……!"

"크음!"

두 섬서삼걸의 신형이 뒤로 넘어갔다.

하나같이 두개골 바깥으로 살촉이 꿰뚫고 나와 있는 모양새.

소천호는 깔끔한 사격으로 두 무인의 머리를 뚫어버린 것이다.

더군다나 조금 전의 사격의 위력은 앞서 보였던 것을 훨씬 상회하고 있었다.

한마디로 그동안은 상당히 여력을 남겨두고 있었다는 뜻.

어쩌면 지금도 그런 것인지도 몰랐다.

"제기랄!"

"이런 개 같은……!"

나머지 무인들이 소천호에게 득달같이 달려들었다. 기름

불이 무섭다고는 하나 사격보다는 덜하리란 계산이 깔려 있는 행동이었다.

기름을 뿌리고 삼매진화까지 펼치는 것보다 화살을 날리는 것이 훨씬 빠르기도 했고.

차차차창!

내로라하는 무림맹 고수들의 합공.

게다가 하나같이 분노와 공포, 증오심과 광기에 잠식되어 있는지라 위력이 더욱 강맹했다.

물론 그만큼 틈과 허점도 많다고는 하나 이 정도 숫자가 협공을 펼치는 상황이라면 그 허점도 상당 부분 보완될 수밖에 없었다.

결과적으로 소천호로서도 위험하다 싶을 정도의 공격력이 발현됐다.

하나 소천호는 그다지 당황하지 않았다. 그저 침착하게 품 속으로 손을 집어넣을 따름이었다.

그 모습은 무인들의 망막에도 또렷하게 비쳤다.

'놈이……!'

'기름을?'

아니었다.

소천호는 품속에서 주머니 하나를 꺼내어 허공에 던지는 동시에 허공섭물의 묘리를 발현하여 터뜨렸다.

파앗!

순간적으로 태양이 땅에 떨어진 것만 같은 막대한 섬광이 터져 나왔다.

"……!"

"우앗!!"

소천호와 무인들 간의 거리는 그야말로 지척이라 할 수 있었다.

당연하게도 그들은 섬광을 바로 코앞에서 맞이하게 되었고, 그 광채는 일시적으로 시력이 완전히 마비될 수준이었다.

무림맹을 불바다로 만든 황린(黃燐) 화약과 같은 소재로 만들어진 것이었다.

다만 차이점이라면 전자가 느리지만 확실하게 타오르는 데 반해 이것은 삽시간에 타오른다는 점이었다.

막대한 광채는 그 과정에서 터져 나오는 것이었다.

결과적으로 스무 명 무인들의 시력이 한순간에 완전히 소실되었다.

파밧!

소천호는 그때 이미 포위망 바깥으로 신형을 날린 뒤였다.

섬광 화약을 던졌을 때 두 눈을 질끈 감은 채 기감만으로 움직이던 그였다.

눈을 감았음에도 다소간 시력을 잃긴 했으나 일시적인 것에 지나지 않았고, 무엇보다도 그는 시력을 잃은 상태에서도 평소와 다름없이 움직일 수 있도록 훈련을 해두었었다.

끼리릭……!

적절한 자리를 잡자마자 시위를 당겼다. 기감만으로 적들을 조준한 다음 연달아 살을 얹었다.

철두철미한 연사가 시작되었다.

퍼퍼퍼퍽!

"커억!"

"크아악!"

일사일살(一射一殺).

한 발의 화살에 여지없이 한 명의 무인이 거꾸러졌다. 소천호는 욕심 부리지 않고서 침착하게 살을 날려 무인들을 거꾸러뜨려 나갔다.

"제기랄!"

"이 개새끼!"

무인들이 와자지껄 욕설을 토하며 신형을 마구 날렸다. 일단은 사격 범위에서 벗어나 보자는 계산이었으나 소천호는 그들 하나하나를 침착하게 조준했다.

화살들은 한 치의 오차도 없이 무인들을 꿰뚫었다.

"크아악!"

"허억!"

반다경도 되지 않는 짧은 시간.

스무 구의 시체가 된 고수들이 바닥을 굴렀다. 소천호의 시력도 완전히 회복되어 있었다.

"……."

그는 말없이 시선을 돌렸다.

사방은 그야말로 지옥도였다.

화마는 대부분 진압되었다지만 대신에 매캐한 연기가 맹곳곳에서 치솟고 있었다. 전란으로 폐허가 된 도시의 전경을 축소한다면 아마도 이런 모습이지 않을까 싶을 정도.

기실 소천호로서도 직접 목도하는 것은 처음이었다.

"전쟁은 언제나 초원과 숲, 벌판에서만 벌어졌었으니까."

시가전은 처음.

하나 그렇다고 해서 낯설다거나 하는 느낌은 없었다. 다소 신선하다고는 할 수 있을지 모르겠지만.

어찌 되었든 사람을 죽이는 일임은 동일한 것이다.

이제 그에게 함부로 접근하는 무인은 없었다. 섬서삼걸과 고수들의 죽음 때문인지, 전술을 확실히 한 후 반격하자는 것인지는 모르겠지만 말이다.

물론 소천호는 저들이 한가로이 전술을 수립하게끔 내버려 둘 생각이 없었다.

그의 목표는 어디까지나 하나.

"무림맹주 남궁월!"

소천호의 두 눈에 칼날 같은 살기가 어렸다.

그는 먹잇감을 발견한 맹수의 눈으로 어딘가를 노려봤다.

군웅전, 무림맹주의 거처.

그는 아마도 그곳에 있으리라.

"수하들이 이렇게나 죽어나가고 맹의 꼴이 이 모양이 되었음에도 모습을 드러내지 않는군. 내가 두려운가? 그게 아니라면 수하들의 죽음 따위는 아무것도 아니라는 건가?"

어느 쪽이 되었든 알 바 아니었다.

남궁월이 어떻게 나오든 간에 소천호의 목표는 똑같았으니까.

그저 놈을 죽인다.

그것이면 된다.

"그러니……."

소천호는 꽉 채워진 살통 하나를 왼 어깨에 걸쳤다.

"내가 직접 가주지."

팟!

그의 신형이 건물 지붕을 박찼다. 이제껏 한곳에 자리를 잡고서 적을 요격하기만 하던 그가 마침내 공세로 전환을 한 것이었다. 그리고 군웅전까지의 길은 문자 그대로 무주공산. 아마 그 누구도 소천호의 진격을 막지는 못할 터였다.

현월은 그렇게 확신했다.

'강하다!

한줄기 식은땀이 그의 등허리를 타고 흘렀다.

백진설과 화무백의 대결 이래, 이렇게까지 막강한 고수는 처음이었다.

물론 단순 무위만을 비교한다면 그들에 비해 처질 테지만 현월은 소천호가 그들보다 아래라고 감히 단정 지을 수가 없었다.

싸움이란, 목숨을 건 대결이란 단순히 무공의 고저만으로 정해지지 않는다.

홀로 태산을 무너뜨릴 수 있는 강자라 한들 어린아이가 내 찌르는 자그마한 독침에 유명을 달리할 수도 있는 것이 무림이었기에.

당장 백진설만 하여도 방심한 상태에서 현월의 일격에 목숨을 잃지 않았던가.

그런 관점에서 봤을 때, 사람을 죽인다는 것에 있어 소천호는 가히 최고의 경지에 올라 있다고 해도 과언이 아니었다.

신의 경지에 올라 있는 사격술, 주변의 지형지물과 상황을 이용하는 판단력, 단순한 병장기의 영역을 넘어선 각종 화약과 도구…

다소간의 무공 격차를 가벼이 뛰어넘을 수 있는 무기들임이 분명했다.

'그리고……'

그런 그가 무림맹주를 사냥하러 간다.

현 무림 최강의 존재라 불리는 인물, 동시에 현월이 알고 있던 무림맹주와는 너무나도 다른 존재, 남궁월을 말이다.

더 이상은 지체할 수 없었다. 현월은 결심하기에 앞서 이미 몸을 일으키고 있었다.

'따라간다!'

탓!

그 또한 매복 중이던 자리를 박차고 군웅전 쪽을 향해 내달렸다. 앞서 내달리는 소천호와는 상당한 거리가 있었다.

그러나 소천호쯤 되는 고수라면 현월의 기척을 느끼고도 남았을 터.

그럼에도 별다른 반응 없이 내달리고만 있는 것을 보니 그의 동행을 허락했다고 봐도 될 듯했다.

파바밧!

소천호가 내달리는 경로의 좌우로부터 별안간 신형들이 솟구쳤다.

"맹주께는!"

"갈 수 없다!"

앞서 소천호가 제거했던 고수들을 상회하는 전력.

흑의를 갖춰 입은 그들의 움직임은 마치 유령과도 같았다.

현월은 그들의 정체를 알 것 같았다.

'흑령대(黑靈隊)!'

맹주 직속의 타격대. 유격전과 국지전의 달인이라 불리는 무리였다.

무인이라기보다는 차라리 병사에 가까운, 그러나 그 실력만큼은 어지간한 장수들조차 가벼이 상회한다는 인간 병기!

그들은 좌우로부터 치고 들어와 삽시간에 소천호를 압박해 들어갔다.

우선은 그의 경로를 차단하고, 이어서 몸 곳곳의 급소를 향하여 비도를 투척했다.

소천호의 화살과 비교해도 그다지 뒤떨어지지 않는 쾌속이었다.

"쳇!"

소천호는 나직이 혀를 차며 뒤로 물러났다.

그의 신형이 위치했던 자리 위로 비도들이 우수수 쏟아졌다.

물러난 소천호가 화살을 날렸다.

하나 흑령대는 어렵잖게 화살을 피하고는 거머리처럼 소천호에게 달라붙었다.

소천호는 할 수 없이 사격을 포기하고는 강궁을 휘둘러 맞섰다.

카카카카캉!

어둠 속에서 연신 불꽃이 튀었다.

다만 지금까지의 전투와는 다르게 소천호가 수세에 몰린 입장이었다.

아무래도 흑령대의 전력부터가 앞서 맞서 싸웠던 무인들을 가벼이 상회하고 있었던 까닭이다.

흑령대는 결코 서두르지 않았다.

그저 집요하고도 신중하게 소천호를 몰아칠 따름이었다.

각각의 검격은 급소를 노리는 와중에도 결코 깊게 파고들려 하지 않았다. 약간의 생채기만 입히더라도 성공이라는 양.

때문에 정작 소천호로서는 절로 입맛이 씁쓸할 따름이었다.

일격필살을 노린다면 그만큼 깊이 파고들어야 한다. 그럴수록 당연하게 허점도 커지는 법이었고, 방어자의 입장에선 그 틈을 이용해 반격을 노리거나 자멸을 유도할 수 있었다.

하나 이처럼 얕은 공격만을 지속한다면 아무래도 반격하기가 애매할 수밖에 없다.

더군다나 흑령대의 협공은 꽤나 완성도 높은 합진을 기반으로 전개되고 있었다.

서로가 서로의 빈틈을 메워주는 까닭에 그만큼 틈을 노리기도 어려웠다.

그 와중에도 생채기 하나 입지 않는 소천호 역시 대단하다면 대단한 것이었지만 말이다.

카카캉!

흑령대의 합진이 한순간 흔들렸다. 예기치 못한 외부로부터의 간섭에 의한 것이었다.

"……!"

"……!"

흑령대는 물론이고 소천호 또한 약간은 놀랐다. 문자 그대로 예상하지 못한 상황이었던 까닭이다.

"너는……!"

쾅!

대답 대신 어마어마한 풍압을 일으키는 권격이 터져 나왔다.

다섯 명의 흑령대원이 그에 직격당하여 주르륵 밀려났다.

"돕겠다."

짤막히 대꾸한 현월이 기수식을 취했다.

흑색 복면에 가려진 얼굴로부터 은은한 안광이 흘러나왔다.

그것을 본 흑령대원들은 한순간 위축되는 느낌을 받았다.

소천호는 미간을 살짝 구겼다.

"이것은 나의 싸움이다."

"어쩌면 나의 싸움일지도 모르지."

"너의 싸움이라고?"

"나는 남궁월을 만나야 한다."

그 대답에 소천호의 얼굴에 한층 그림자가 드리워졌다.

"미안하지만 놈의 심장을 꿰뚫는 것은 나의 일이다."

"그것도 그것대로 나쁘진 않을지도."

"뭐라고?"

"어쨌든 지금은 더 중요한 게 있지 않나?"

쉬익!

소천호의 등허리를 노리는 기습. 흑령대원의 쇄도였다. 소천호는 급히 상체를 비트는 동시에 강궁을 횡으로 휘둘러 검격을 막아냈다.

"그건 그렇군. 우선은 이것들부터 처리해야겠지!"

두 사람은 흑령대원들을 몰아치기 시작했다.

현월의 가세로 인해 흑령대가 유지하던 공세가 붕괴되었다.

삽시간에 전력이 두 배로 늘어난 것이나 다름없었기 때문이다. 현인검을 빼어 든 현월은 노도처럼 흑령대의 사이로 몰아쳤다. 공간 사이로 흐르는 어둠의 결이 그의 행동 하나하나를 든든히 받쳐 주고 있었다.

지난번 백진설과 화무백의 대결은 현월을 가로막고 있던 벽을 깨뜨리는 계기가 되어주었다.

그 일전을 목도한 것만으로도 현월의 견식은 전에 없는 수준으로 깊어졌고, 그것은 곧 암천비류공의 공부에 대한 확실한 이해로까지 연장되었다.

그리고 이 일전.

현월은 이 일전을 통하여 머릿속 깊이 새겨진 묘리들을 육체에 각인하게 되었음을 실감했다.

칼날의 끝은 한층 예리해지고 근육의 수축과 이완이 거듭 부드러워진다.

호흡이 안정된 가운데 각각의 동작은 벼락처럼 신속하며 바위처럼 굳건하다.

한 번의 검격이 더해질 때마다 그 위력은 놀라울 정도로 배가된다.

현월 스스로가 생각해도 놀랄 정도의 성장이었다. 그럴 정도니 현월을 상대하는 흑령대의 경악이란 어떻겠는가.

"……!"

흑색 돌풍이 몰아쳤다.

돌풍의 결이 스치고 지나갈 때마다 여지없이 흑령대원들이 피를 흩뿌리며 나가떨어졌다.

쓰러지는 흑령대원들의 머리 위로 완연한 죽음이 내려앉았다.

'강하다!'

소천호는 실감할 수 있었다. 비록 그 또한 전투 중인지라 똑바로 목도할 수는 없다고는 하나 기감을 통하여 전달되는 현월과 흑령대의 전투를 어렴풋이 파악할 수는 있었다.

그 실체는 실로 놀라운 것.

현월의 무위는 실로 압도적이었다. 더욱 놀라운 것은 그가 일검을 아로새길 때마다 그 위력이 조금씩 상승하고 있다는 점이었다.

'내력을 배가시키고 있는 것인가? 아니다. 그런 것이 아니야.'

한 번의 검격을 내려칠 때마다 보완점과 강화점을 찾아내고, 다음번의 검격을 통하여 그것을 구체화한다.

어느 무인이 수십 년 세월에 걸쳐 이루어낼 법한 일을 현월은 찰나지간의 순간 동안 해내고 있는 것이었다.

'놈은 괴물인가? 아니, 그렇다기보다는……'

앞서 대오 각성 한 무언가를 작금의 전투를 통해 몸에 새기고 있다는 것이 정확할 것이다. 물론 그것만으로도 진정 놀라운 것이겠지만 말이다.

소천호의 생각이 자연스럽게 이어졌다.

'만약 놈과 정면으로 대결하게 된다면 내가 이길 수 있을까?'

동원할 수 있는 모든 수단을 강구하고서 현월에게 맞선다.

그때의 양상이 어떻게 펼쳐질 것인지 소천호는 머릿속으로 그려내고 있는 것이었다.

그 와중에도 그는 착실히 흑령대원들을 상대하고 있었다.

그 또한 짝을 찾기 힘든 전투의 천재이기에 가능한 일이었다.

잠시 생각을 이어가던 소천호는 내심 쓴웃음을 지었다.

'쉽지 않겠는걸.'

절대무적의 존재 따윈 세상에 존재하지 않는다. 그것은 저무림의 정점이라 하는 남궁월도 마찬가지. 때문에 소천호는 현월의 무위가 아무리 대단하다 한들 그를 죽이지 못하리라고는 생각지 않았다.

다만 극도로 어렵다는 것만은 인정할 수밖에 없었다. 솔직히 현재 가지고 있는 것만으로는 현월을 상대로 우위에 서는 것조차 버거울 듯싶었다.

현월의 무위는 그 정도로 위력적이었다.

콰드드득!

현월의 오른발이 기왓장을 어그러뜨리며 지붕을 파고들었다.

그저 진각만으로도 그 정도의 위력.

그 막대한 경력이 두 다리를 타고 상체까지 전달되었다.

그리고 현월의 오른팔과 검극을 통해 고스란히 전개되었다.

콰르르릉!

천둥이 공간을 후려쳤다. 별다른 초식이라 부를 것도 없는 횡 베기.

그러나 막대한 경력과 내력이 고스란히 집결된다면 그것만으로도 산을 쪼개고 바다를 가를 위력이 탄생하는 법이었다.

어마어마한 검격에 휘말린 흑령대원 일곱의 몸이 갈가리 찢겨 나갔다.

실로 어마어마한 무위였다.

"……!"

당황한 흑령대원들이 뒤로 물러났다. 이제 그들의 숫자는 열 명도 채 되지 않았다.

반각도 안 되는 짧은 시간 동안 서른 명 가까운 흑령대원들이 비명횡사한 것.

더군다나 그중 일곱은 단 한 방의 검격에 사이좋게 절명했다.

소천호는 그들에게 여유를 주지 않았다.

거리가 벌어지자마자 지체 없이 시위를 튕겼고, 당황한 상태이던 흑령대원들은 평소라면 막았을 사격에도 허무하게 죽어나갔다.

결과적으로 목숨을 부지하고 달아난 흑령대원은 고작 네 명이었다.

그들 또한 결코 멀쩡한 상태는 아니었는데, 두 명은 허벅지와 팔뚝에 사이좋게 화살을 꽂고 있었고 나머지 둘은 각기 왼팔과 오른팔이 잘려 나간 상태였다.

실질적으로는 전멸한 것이나 다름없다고 봐도 좋았다.

"이 정도면 남궁월, 그놈도 약이 좀 오르겠지."

스산하게 중얼거리는 소천호.

현월은 침묵한 채로 군웅전을 지그시 응시했다.

'이제는 돌이킬 수 없다.'

남궁월은 현월의 정체를 안다.

그가 현검문의 장자인 동시에 여남의 밤을 지배하는 암제라는 것 또한 알고 있다. 그리고 현월은 흑령대를 직접적으로 공격함으로써 남궁월을 향한 대립각을 세우고 말았다.

그의 초대를 거부하는 동시에 남궁월을 적으로 돌린 것이라 봐도 틀릴 게 없었다. 그 말은 곧 무림맹을, 정파 무림을 적으로 돌리게 되었다는 뜻.

'과연 이게 옳은 선택일까?'

현월은 확신할 수 없었다.

다만 반대의 선택을 했던들 지금과 같이 후회했으리란 것만은 확신할 수 있었다.

굳이 그의 관점에서 보지 않더라도 남궁월은 구린 데가 너무나 많은 존재였던 것이다.

그는 현재 무림일존으로 추앙받고 있다. 현월이 알고 있던 과거와는 너무나 다른 모습이었다. 하나 그 사실 하나 때문에 현월이 그에게 의혹을 느끼는 것만은 아니었다.

'정녕 그렇게나 추앙받는 존재라면 유설태나 여타 혈교도

들의 정체를 파악하고도 남았을 터.'

그럼에도 남궁월은 유설태와 혈교의 무리를 축출하지 않았다. 무림맹주라는 그의 위치를 감안한다면 말이 안 되는 일이었다. 정말 몰랐을 가능성도 없지는 않지만 그 확률이 높다고도 보기 어려웠다.

'아니, 몰랐을 가능성은 없다.'

현월은 그렇게 확신했다.

예전이라면 모를까 이미 몇 차례 현월에 의해 무림맹 내 혈교의 무리가 타격을 입었다. 거기에 천유신과 심유화의 죽음까지…

그렇게까지 암시가 주어졌는 데도 유설태의 정체를 몰랐다면 그건 말이 되지 않았다. 남궁월이 머저리가 아닌 이상에는 말이다.

'게다가……'

이 일전, 소천호의 대(對)무림맹 전투를 통해 현월의 확신은 한층 공고해졌다.

이것저것 다 떼어놓더라도 그는 무림맹주, 무림맹의 큰 어른이다.

그런 그가 맹이 이 지경이 되었음에도 나서지 않는다는 건 말이 안 됐다.

혈교니 뭐니 하는 것을 떠나 한 집단의 우두머리라면 결코 그래서는 안 됐다.

하나 남궁월은 지금껏 코빼기도 비치지 않고 있었다. 그 이유는 아마도 하나뿐일 터였다.

"무림맹도들 따위, 수백, 수천이 죽는다 한들 개의치 않겠다는 거겠지."

"뭐?"

소천호가 현월을 돌아봤다. 현월은 설명하지 않은 채 군웅전을 노려봤다.

"너는 남궁월이 아니다."

최소한 현월이 알고 있던 무림맹주 남궁월은 아닐 터였다.

"그렇다면 넌 대체 누구지?"

"지금 무슨 소릴 하는 거냐? 뭐가 남궁월이 아니라는 거지?"

소천호의 닦달에 현월은 고개를 저었다.

"놈을 만나보면 확인할 수 있을 거다. 설명에 시간을 뺏기는 것보단 그편이 낫겠지."

"…뭐, 좋아, 나야 놈의 심장에 살을 꽂아 넣을 수만 있다면 좋은 일이니."

두 사람의 신형이 군웅전을 향하여 재차 쇄도했다.

6장

혈교회합

"이쯤 되면 모두 모인 것 같소만."

십만대산.

유설태는 철극심을 앞에 두고 있었다.

두 사람은 원탁을 사이에 둔 채 대치 중이었다. 원탁은 수
백 년 묵은 고목을 그대로 잘라낸 그루터기를 연마한 것이었
는데, 혈교 이전에 마교가 존재하던 시절부터 존재해 온 것이
었다.

이른바 만년목근(萬年木根). 마교가 존재하던 시절부터 교
단의 수뇌부들은 중대한 일에 대해 논할 때마다 이곳을 택하

고는 했다.

기실 만년목근을 둘러싸고 앉아 있는 이들은 유설태와 철극심만이 아니었다.

혈교를 구성하는 삼대 궁과 그 외의 파벌들을 도맡고 있는 장로들이 전원 참석한 차였다.

다만 드문드문 빈자리가 보였는데, 그것은 패도궁의 흔적이었다.

패도궁주 백진설과 부궁주 심유화의 죽음으로 인해 그대로 붕괴할 뻔한 패도궁을 유설태는 가까스로 유지되게끔 만들 수 있었다. 하나 그것은 이미 알맹이를 잃은 껍데기나 다름없는 것. 이제 와서는 별반 의미가 없다고 해도 좋았다.

'삼대 궁 중 최강이라 불리던 패도궁이 이리될 줄 그 누가 알았을까.'

유설태는 내심 쓴맛을 느꼈다. 비록 백진설과는 그다지 기꺼운 사이라 할 수 없었으나 어찌 되었든 그 또한 혈교의 일원이었다.

아니, 단순한 일원으로 치부하기엔 너무나 큰 영향력을 지닌 그가 아니었던가. 기실 거의 모든 혈교의 노고수들은 백진설이 교주의 자리를 꿰차리라 믿어 의심치 않았다.

그 모든 기대가 한순간에 무너져 내렸다.

어쩌면 혈교는 오래전 무림맹에 의해 패퇴했을 때 이상의 타격을 받은 것인지도 몰랐다.

"아직 그 아이가 오지 않았네."

딱딱한 목소리는 철극심의 것.

유설태는 그가 말하는 '그 아이'가 누구인지 구태여 묻지 않았다. 묻지 않아도 알 수 있는 일이었으니까.

"소천호를 더 기다릴 순 없는 일. 지금이라도 회의를 시작해야 하네."

"그 아이를 기다려야 하네."

유설태의 말에 어깃장을 놓는 철극심.

유설태는 내심 난감함을 느끼며 만박서생 유숭에게 시선을 보냈다.

그 시선을 느낀 유숭이 내키지 않는 태도로 입을 열었다.

"그 마음은 이해하는 바이나 저 역시 지천궁주와 의견이 같습니다. 굳이 소천호가 없어도 회의를 하는 데 있어 문제될 것은 없습니다."

"이 회의는 교주를 가리기 위한 회의가 아닌가?"

철극심의 목소리는 강철 같았다.

차갑게 식다 못해 싸늘하게 변해 버려 잘못 만졌다간 살갗을 뜯어낼 듯한 강철.

"혈교의 지존은 대대로 힘의 논리를 따라 정해졌지. 그런 교주의 자리를 가림에 있어 천호가 빠진다는 것은 말도 안 되는 일이네."

"자네야말로 궤변을 늘어놓는군. 설마 소천호가 이 자리에 모여 있는 선후배들 모두를 능가한다고 생각하는 건가?"

유설태의 한마디에 좌중의 시선이 돌변했다. 그들은 호승심과 노기가 뒤섞인 눈빛을 철극심에게로 보내었다. 정작 철극심은 아무것도 보이지 않는 양 담담히 넘기고 있었지만.

"이 자리에 모인 이들에게 한 가지만 묻지. 이 중 화무백과 백진설을 상대로 우위에 설 수 있으리라 자신할 수 있는 자가 정녕 존재하는지 말이야."

"……!"

좌중의 표정이 다시금 돌변했다. 한층 강화된 노기, 동시에 숨기기 어려운 난감한 표정들.

철극심의 말은 실로 노골적인 도발이었다.

그러나 기실 이 중 섣불리 나설 수 있는 이가 없는 것 또한 사실이었다.

화무백은 수십 년 동안 혈교제일좌를 지켜왔던 강자 중의 강자였고, 백진설은 그러한 화무백과 동률을 이루어내리라 촉망받던 유일한 무인이었으니까.

결국 실제로 화무백을 능가하기도 했고 말이다.

"하지만 그들은 이미 세상에 존재하지 않는 자들. 그것을 감안한다면 자네의 말은 아무 의미도 없네."

"왜 의미가 없지? 천호야말로 그들에 필적할 수 있는 자질을 지닌 유일한 사람인데 말이야."

철극심의 이번 발언은 한층 큰 파장을 몰고 왔다.

"헛소리!"

"백진설에 대한 열등감으로 달아나 버린 소천호가 그들에 필적할 자질을 지녔다니 그것이야말로 언어도단이오!"

"그는 패배자이며 도망자에 불과하다!"

"지금까지도 낯을 들이밀지 않고 있잖은가?"

장내가 소란에 휩싸였다. 곳곳에서 터져 나오는 불만과 분노 섞인 외침에 누구 하나 말을 잇기 힘들 지경이었다.

철극심은 내키는 대로 떠들라는 듯 팔짱을 끼고 있었다. 하기야 그로서는 회의가 미뤄지거나 중단된다면 좋을 터였다.

하나 유설태는 그렇게 되게끔 둘 수 없었다.

"자네의 말은 틀렸네!"

유설태가 소리쳤다. 내공을 한껏 담아 외친 일갈이었으며, 그렇기에 회의장의 소음을 단번에 찢어발기며 모두의 귓전을 때릴 수 있었다.

한순간에 정적이 찾아왔다.

혈교의 수뇌들은 이제 유설태를 향하여 시선을 집중시키고 있었다.

"자네는 소천호 외의 어느 누구도 화무백과 백진설에 다다르지 못할 것이라 말했네만 그것은 사실이 아니네."

"……."

철극심은 살기 어린 눈으로 유설태를 노려봤다.

"잘도 지껄이는군, 유설태. 설마 그 주인공이 자네라고 말하고 싶은 것은 아니겠지?"

"물론. 내 무위야 자네나 만박서생에 비해서도 확연히 뒤떨어지니까."

"그렇다면 뭔가? 난 지난 수년 동안 이곳 십만대산을 지켜오며 셀 수 없이 많은 혈교도들과 마주했네. 하지만 그들 중 천호의 자질을 뛰어넘는 무인은 단 한 명도 만나지 못했네. 나, 철극심을 포함해서 말이야."

"그럴 테지."

"하면 뭔가? 설마 자네가 데리고 온 그 멍청한 계집이라고 대답하려는 건 아닐 테지?"

유설태는 나직이 심호흡을 했다.

"그 아이가 맞네."

"……!"

철극심의 동공이 확대됐다. 하나 그의 반응은 장내에 위치한 수많은 혈교도들의 반응 중에서 그나마 점잖은 편에 속했다.

멈추었던 소음이 다시금 터져 나왔다.

"말도 안 되는 소리!"

"일개 계집이 저 화무백이나 백진설에 필적할 무위를 지녔 단 말인가!"

"그것은 헛소리요, 지천궁주!"

쿵!

유설태는 내력을 한껏 담아 발을 굴렀다.

"주둥이만 나불거리려고 회의에 참석했는가!"

그의 일갈에 장내가 고요해졌다. 이러니저러니 해도 유설 태는 혈교 삼대 궁 중 하나인 지천궁의 궁주. 영향력이란 면 에 있어선 혈교 내의 어느 누구도 그를 따를 수 없었다.

유설태는 느릿하게 좌중을 훑으며 말을 이었다.

"그대들의 말은 틀렸다. 그 아이는 일개 계집아이가 아니 라 암황의 유지를 이어받은 유일무이한 존재다."

"……!"

"암황이라면… 설마!"

유설태는 고개를 끄덕였다.

"그래, 그 아이는 암천비류공의 계승자다."

"……!"

장내는 다시 한 번 충격에 휩싸였다. 저 혈교제일인 화무백 이후로 그 누구도 익히지 못했던 무공이 암천비류공이 아니 던가.

혈교도들에게 있어선 최강의 무공이라 하여도 과언이 아

니었다.

　실제로 암천비류공의 계승자들은 하나같이 당대의 최강자 중 한 명으로 불리어왔다. 그 계승자라는 것만으로도 실력의 검증은 끝난 것이나 다름없다고 할 수 있을 정도.

　"그러나 그 계집은 천호보다 약하다."

　철극심의 목소리는 여전히 차돌 같았다.

　"암천비류공이든 암황의 무공이든 그따위 것은 아무래도 좋다. 중요한 것은 힘 자체. 싸움이란 무공의 이름이 아니라 지니고 있는 힘으로 하는 것이다."

　"그리고 소천호는 지금 이 자리에 없지."

　"고작 그 이유만으로 그 계집을 내세우겠단 말이냐?"

　"또한 이곳으로 돌아오리란 보장 역시 없다."

　철극심이 돌연 입을 다물었다. 유설태의 지적이 정확했기 때문이다.

　"소천호로 하여금 십만대산을 떠나가게 만든 것은 심유향. 그를 다시 이곳으로 불러들인 것 역시 심유향이지. 그러나 그녀는 이미 죽은 지 오래다. 소천호가 그 사실을 알게 된다면 과연 혈교에 엉덩이를 붙이고 있으리라 생각하는가?"

　"……."

　"그 반대라는 것은 자네도 잘 알 테지. 그가 늦어지는 것은 그 때문인지도 모르지. 아니, 어쩌면 그는 이미 진실을 알고 있는 것인지도 모르네. 그렇기에 이곳으로 돌아오지 않는 것인지도 모르지."

철극심은 묵언 수행이라도 하듯 침묵했다. 그것으로 여론은 단숨에 유설태에게로 기울었다.

"암후의 무위는 아직 불안정한 면이 존재한다. 하지만 혈교의 지식과 재산을 총동원한다면 단숨에 그녀를 화무백이나 백진설에 필적하는 무인으로 만들 수 있을 것이다."

고요한 장내에 유설태의 담담한 목소리가 흘렀다.

"암천비류공에 있어 가장 중요한 것은 계승자의 체질. 그 아이야말로 그 난점에 있어 최적의 해결책이다. 이미 무공의 전수는 대부분 이루어졌고 나머지는 암천비류공을 뒷받침할 내력과 체력뿐이다."

유설태의 시선이 돌연 만박서생 유숭에게로 향했다.

"그것은 우리 혈교가 축재해 온 영약과 내단 등을 통해 해결할 수 있다. 그렇지 않소, 만박서생?"

유숭의 시선이 착 가라앉았다.

'거짓말을 하고 있구려, 지천궁주.'

그는 알고 있었다.

유설태가 지금 흘리고 있는 말은 절반의 거짓과 절반의 진실로 구성되어 있다는 것을.

체력과 내력이 해결 과제라는 것은 진실이다.

그러나 그게 유설태의 말마따나 단번에 뚝딱 해결될 만큼 어렵지만은 않은 일이라는 것은 물론 명백한 거짓이다.

사람의 몸이란 장난감 병정과는 그 격이 다르다. 훨씬 복잡하며 훨씬 깨지거나 망가지기 쉬운 것이 사람의 몸이다.

'그리고……'

유숭이 보았을 때 암후, 미우의 상태는 결코 안전하지 않았다. 억지로 능력을 각성시키느라 정신적 자극을 너무 줘버린 탓이 컸다. 이러니저러니 해 봐야 결국은 관례조차 치르지 않은 어린 소녀.

그런 소녀의 몸을 억지로 환골탈태시켜 성장하게 만들었다.

그런 까닭에 지금의 미우는 누가 봐도 성숙한 처녀로 보일 지경이었다.

거기에 더하여 암천비류공의 구결을 억지로 머릿속에 구겨 넣은 탓에 정신적으로도 심대한 타격을 입었다. 기실 종래의 그녀를 구성하던 인격과 자아는 반쯤 붕괴되었다고 봐도 좋았다.

한 명의 인간이 아닌 하나의 인형.

그녀는 유설태의 손에서 탄생한 꼭두각시에 불과했다.

'하지만……'

여기서 유설태의 치부와 거짓을 밝히게 된다면 혈교를 수습할 길은 영영 없어지게 될지도 몰랐다.

'이미 패도궁의 붕괴로 인해 모두들 신경이 날카로워져 있다.'

그런 마당에 이 혼란을 수습할 구심점마저 사라진다면 혈교는 한순간에 붕괴해 버릴지도 모를 일이었다. 기실 혈교란 집단 자체가 악당과 음모가들의 집합체라는 것을 생각해 본다면……!

유숭으로선 혈교의 존속을 선택할 수밖에 없었다.

"지천궁주의 말씀이 옳소."

혈교 내에서 가장 중립적이라 할 수 있는 그의 발언이 지닌 신뢰성은 무척이나 높았다.

그의 보증만으로도 장내의 불신이 다소간 사라졌을 정도였다.

물론 철극심에게는 통하지 않았지만 말이다.

"네놈 또한 겁쟁이의 길을 걷는구나, 유숭. 그런 거짓말로 모래성을 지탱하려 한들 무너지지 않을 성싶더냐."

그는 유숭에게만 들릴 정도의 목소리로 말했다. 애초에 큰 목소리와 웅변으로 사람들을 선동하는 것은 철극심의 성격에 맞지 않은 일이었다.

유숭은 안타까움을 느꼈다.

"철혈염라, 부디 다시 생각해 보십시오."

"듣고 싶지 않다."

철극심은 홱 몸을 돌렸다. 그는 다른 이들에게도 들리게끔 목소리를 높였다.

"나, 철극심은 오늘부로 혈교를 탈퇴하겠다."

"그건 용납할 수 없는 일이네."

유설태의 한마디가 이어졌다.

"이런 중요한 시기에 탈퇴한다는 것은 곧 혈교에 대한 반역과도 같은 것. 혈교는 결코 반역자를 좌시하지 않는다는 걸 알고 있을 텐데?"

"그래서 나를 제압하기라도 하겠단 말인가?"

"그래야 한다면."

철극심은 살기 어린 눈으로 유설태를 노려봤다.

"제정신이 아니로군, 유설태."

"제정신이 아닌 건 자네일세. 제자에 대한 애정과 권력에 대한 집착이 자네의 판단력을 흐려놓았어."

"애정? 집착이라고? 개소리!"

철극심의 신형으로부터 진득한 살기가 흘러나왔다. 비록 육체의 노환으로 인해 전성기를 지나 쇠퇴하고 있기는 했으나 그의 내공은 백발이 성성한 연령이라는 게 믿기지 않을 만큼 강맹했다.

'강한 인상을 남길 상대로는 제격이라 할 수 있겠지.'

유설태는 내심 서늘한 미소를 지었다.

"잘되었군. 시기 좋게 자네가 반역의 이빨을 내비쳤으니 혈교의 미래에 대한 확신을 심어줄 기회로는 딱이겠어."

"반역의 이빨? 혈교의 미래라고?"

철극심의 반문에 대답한 것은 유설태가 아니었다.

콰직!

회의장의 문짝이 부서지며 철극심을 향해 날아들었다. 근육을 팽창시킨 철극심이 우권을 휘둘러 문짝을 부수었다.

"어떤 놈이!"

문이 있던 방향으로 좌중의 시선이 쏠렸다. 그들의 동공이 이윽고 확대되었다.

"저, 저것은……?"

"설마?"

호리병 같은 굴곡을 지닌 여인의 신형이 회의장 안으로 들어섰다.

여인의 육체가 그려내는 유려한 곡선이 한순간 좌중의 시선을 사로잡았다.

그러나 정작 철극심이 주시하고 있는 것은 그녀의 두 눈동자였다.

제법 미색이라 할 수 있을 얼굴 위에 보석처럼 박혀 있는 두 개의 눈망울은, 그러나 어떠한 생명의 색채도 발하지 않고 있었다.

사람이 아닌 인형과도 같은 모습.

철극심은 치가 떨리는 표정으로 유설태를 돌아봤다.

"너, 대체 무엇을 만든 것이냐."

"말하지 않았나. 혈교의 미래라고."

유설태는 담담히 대꾸했다.

"저 아이는 무림 정벌의 선봉장이 될 것이야. 오래전 옛날, 암황께서 그러셨던 것처럼 말이지."

"네놈……!"

"그리고 자네는 저 아이의 힘을 모두에게 각인시켜 줄 계기가 될 것이네. 그 목숨, 잘 써먹도록 하지."

"개소리를!"

철극심의 권격이 유설태를 향하여 터져 나왔다. 그 또한 한때 혈교 제일을 다투던 절정의 고수. 비록 전성기를 지나 노쇠하였다고는 하나 어쭙잖은 고수들과 비할 바는 아니었다.

하지만 유설태는 당황하지 않았다. 그 자신의 무위는 물론 철극심에 비해 한없이 모자랐으나 애초에 그의 승부수는 본신의 무위에 있지 않았다.

팟.

부드러운 바람이 두 사람 사이로 흘러들었다. 다음 순간 철극심의 앞을 가로막고 있는 것은 예의 여인, 암후였다.

'빠르다!'

철극심은 흠칫했으나 권격을 거두진 않았다.

도리어 한층 속도를 더하여 암후의 미간을 향해 치고 들어갔다.

암후의 시선이 그의 우권을 따랐다. 인간의 생기가 철저히 배제된 눈빛이 철극심의 미세한 움직임까지 포착해 냈다.

공방은 거의 한순간이었다. 철극심의 권격은 아슬아슬하게 암후의 뺨을 스쳤다. 그 권압만으로도 암후의 피부가 뒤로 쏠려 나갔으나 결정적인 타격을 줬다고 보기는 어려웠다.

그에 이은 반격.

암후의 우수에는 어느새 자그마한 단도가 들려 있었고, 그 검극은 철극심의 명치를 노리고 들어가는 중이었다.

"……!"

철극심은 흠칫하며 상체를 틀었다.

그녀의 반격을 알아챈 것은 순전히 수십 년에 걸친 경험의 덕분이었다.

'어느새 이 정도까지……?'

철극심은 내심 놀라고 있었다. 처음에 유설태가 데려왔던 암후의 무위는 결코 이 정도 수준이 아니었다. 강하다고는 하나 자신과 같은 초절정고수에 비할 바는 아니었던 것이다.

한데 그 간극이 짧은 시간 동안 사라져 버린 느낌이었다.

대체 어느 천고의 기재가 이 정도의 빠른 성장을 해낼 수 있단 말인가?

'설마……!'

철극심의 시선이 찰나의 순간 유승을 훑었다. 혈교 내 최고의 기재라 불리는 그의 도움이 있었다면 암후의 폭발적인 성장을 설명할 수도 있을 터였다.

'자네 또한 이미 유설태에게 넘어갔단 말인가. 하긴 이미 그를 두둔하기 위해 거짓말을 했을 때 알아챈 것이지만.'

뻐억!

철극심은 묵직한 충격에 비틀거리며 물러났다. 치열한 공방의 와중, 짧은 순간 집중력이 흐릿해진 틈을 타 암후의 정타가 그의 콧등을 후렸기 때문이다.

"제길!"

철극심은 뒤로 훌쩍 회전함으로써 타격을 최소화하는 한편 암후의 턱을 올려 찼다. 그러나 암후는 슬쩍 물러나는 것만으로도 그의 발끝을 피하고는 재차 달려들었다.

철극심은 자세를 바로잡을 여유도 없이 방어에 들어갔다.

장내의 모두가 두 사람의 일전에 온 시선을 집중하고 있었다. 좌중의 표정이 공방전의 흐름과 함께 시시각각 변해갔다.

"……!"

"이럴 수가……!"

그들 모두는 경악하고 있었다.

유설태의 호언장담대로 암후는 어렵잖게 철극심을 몰아붙이고 있었다. 여성의 몸인 데다 어린 나이임에도 불구하고 말이다.

그 와중에도 굳은 표정을 유지하고 있는 것은 만박서생 유숭이었다.

철극심의 예상은 들어맞았다.

암후의 폭발적인 성장의 배경에는 그의 도움이 존재했다.

하나 유숭은 그 사실에 대해 어떠한 만족감도 느낄 수가 없었다.

'그대도 알고 있을 것이오, 지천궁주. 저 아이의 몸은 언제 부서질지 모르는 자기와 같다는 것을.'

유숭의 시선이 유설태에게로 향했다.

'지금은 무리 없이 힘을 발휘하고 있지만 어느 순간 어떤 계기로 인해 무너져 내릴지 알 수가 없소.'

시간이 너무나 촉박했던 게 문제였다.

기실 수년의 여유 시간을 두고서 천천히 암후를 완성했어야 했다.

하지만 유설태는 연이어 발생한 불안 요소로 인해 암후 각성을 서둘렀다.

그리고 그 결과 그녀는 정신적으로나 육체적으로나 불안정한 존재가 되어버렸다.

'암제… 때문인가.'

유숭은 유설태가 들려주었던 이야기를 떠올렸다.

패도궁주 백진설의 죽음과 무림맹 내 혈교도들의 박멸을 주도한 존재, 암천비류공의 유지를 이어받았다는 또 한 명의 존재.

암제로 인해 유설태의 계획은 어긋나게 되었다.

"크윽!"

묵직한 신음성이 유숭의 상념을 깨뜨렸다. 왼팔이 반쯤 끊어진 채 피를 뚝뚝 흘리며 물러나는 철극심의 모습이 그의 망막에 비쳤다.

스륵.

암후는 단도를 들어 올려 칼날을 핥았다. 철극심은 그녀의 양 볼이 발갛게 상기되어 있음을 깨닫고는 쓴웃음을 지었다.

"이지를 상실한 주제에 살육의 쾌감만큼은 알고 있다는 것이냐. 네년이야말로 유설태가 길러낸 살육귀가 아니고 무엇일까."

"……"

"불쌍한 것. 암후니 뭐니 해 봐야 너는 유설태의 장난감에 지나지 않는다."

암후의 눈동자에 흐릿한 이채가 스쳤다가 사라졌다. 철극심은 그녀가 자신의 말뜻을 알아들었다는 것을 본능적으로 느꼈다.

유설태가 급히 끼어들었다.

"추한 꼴은 그만 보이게, 철혈염라."

"왜, 네가 만든 인형이 말썽이라도 일으킬까 봐 겁이 나나?"

"자네가 뭐라 떠들든 간에 그것은 패배자의 발악에 불과하네."

"그렇다면 마음껏 떠들게 내버려 두지 그러나? 어차피 패배자의 발악일 뿐인데 말이야."

유설태의 표정이 싸늘하게 식었다. 철극심은 약간의 희열을 느끼며 웃었다.

"자네는 잘못된 길을 택했어. 자네가 만드는 혈교의 앞날은… 결코 밝은 것이 아니야."

"미우."

유설태의 한마디에 암후의 눈동자에 살기가 어렸다.

철극심은 이제 그녀에게 분노나 증오심이 아닌 동정을 느꼈다.

"불쌍한 것. 너는 아마 네가 무슨 짓을 하는 것인지도 모를 테지."

"끝내라."

"너는 그저 가련한 꼭두각시에 불과하다. 혈교 또한……."

푸우욱!

철극심의 동공이 확대됐다.

그의 심장을 파고든 칼날이 빙글 비틀렸다. 갈가리 찢긴 심장으로부터 혈류가 역류하여 그의 목구멍과 눈, 콧구멍을 통하여 솟구쳐 나왔다.

"혈교는……."

생기를 잃은 철극심의 몸뚱이가 바닥에 널브러졌다.

7장

역천자(逆天者)

군웅전은 무림맹 내에서도 심장부라 할 수 있는 정중앙에 위치했다.

이러한 군웅전을 둘러싼 건물들은 비합리적이라 해도 할 말이 없을 만큼 미로처럼 세워져 있었는데, 이는 동서남북 어느 방향에서 치고 들어가더라도 최대한 시간이 걸리게끔 만들기 위한 방편이었다.

하나 그 건물들 위를 내달리는 현월과 소천호에게 있어선 남의 얘기나 다름없었다.

흑령대 이후로 그들에게 달려드는 무리는 없었다. 기실 어지간한 무인으로서는 두 사람의 신형을 쫓는 것조차 벅찰 터였다.

두 사람은 큰 무리 없이 군웅전 앞에 다다랐다.

"……."

군웅전은 무려 칠 층에 달하는 높이였다. 게다가 그 넓이를 가늠하자면 어지간한 성채에도 비할 지경. 무림맹의 자금과 역량이 총동원된 건물이라 하여도 과언이 아닐 듯했다.

"놈을 죽인 후에 불살라 버리면 제격이겠군."

싸늘하게 중얼거린 소천호가 위쪽을 노려봤다.

정문으로 들어갈 생각은 없었다. 구태여 정정당당히 쳐들어가서 칼 받이가 될 필요는 없었다. 안 그래도 각 층마다 얼마만큼의 무인들이 버티고 있을지 알 수 없는 일이기도 했고.

"거꾸로 생각해 보지."

"거꾸로?"

소천호가 현월을 돌아봤다. 설명을 요구하는 시선에 현월은 담담히 말했다.

"보통은 일 층에서부터 치고 들어갈 테니 우리는 거꾸로 칠 층에서부터 치고 들어가자는 뜻이다."

"칠 층이라."

"어차피 맹주가 어디에 있을지는 모르는 일이니 일일이 찾아봐야 할 테지만 그래도 무식하게 일 층으로 치고 들어가는 것보단 낫겠지."

"그렇다면 내게도 좋은 생각이 있지."

소천호는 허리춤의 주머니를 끌렀다. 제법 묵직해 보이는 모양새. 동시에 현월의 코끝을 스치는 잔향이 존재했다.

"화약이군."

"그래."

앞서 무림맹 본부를 쑥대밭으로 만들어놓은 황린 화약이었다.

"생각해 보니 굳이 놈을 죽인 후에 불을 놓을 필요는 없단 말이지. 게다가… 오히려 내가 죽을 수도 있는 일이니까."

소천호의 눈동자가 광기로 번들거렸다.

"오늘 여기서 내가 죽든 놈이 죽든 둘 중 하나는 확실히 죽게 될 거야."

"……."

"두렵다면 따라오지 않아도 좋아. 아까 그놈들을 처리해 준 것만으로도 충분히 도움이 됐으니 널 붙잡지는 않겠다."

현월은 대답 대신 소천호에게서 화약 주머니를 낚아챘다.

소천호가 흠칫하는 순간 그는 군웅전의 정문 쪽을 향해 주머니를 던졌다.

이어지는 삼매진화. 주머니 안으로부터 섬광이 번뜩였다.

콰앙―!

폭발음과 함께 불붙은 황린이 사방으로 튀었다. 기둥과 처마가 무시무시한 기세로 타오르기 시작했다.

"잘 타는걸."

"너……."

무언가 말하려던 소천호는 이내 관두고서 고개를 설레설레 저었다.

"나보다 손놀림이 빠른 놈은 정말 오랜만에 보는걸."

"가지. 어물쩍거리고 있다간 맹주를 만나기도 전에 여길 다 태워먹겠어."

"그러지."

두 사람의 신형이 위로 솟구쳤다. 군웅전의 문이 열리며 당황한 무림맹도들이 뛰어나왔다.

"이, 이런 미친……!"

"불을 진압하라! 어서 빨리!"

문 안쪽에 매복해 있던 무인들이었다. 물론 그들도 바보는 아닌지라 습격자들이 당당히 정면 돌파를 해오리라고는 생각하지 않았다. 하지만 이런 무지막지한 짓을 저지를 줄이야.

"빨리 불을 꺼!"

소란과 비명 소리를 뒤로한 채 두 사람의 신형은 어느새 칠층 꼭대기까지 치솟아 있었다.

칠 층 지붕을 힐끔 본 소천호가 시위를 당겼다. 그의 화살에 내력이 한껏 실렸다.

파앙!

시위를 떠난 화살이 지붕을 꿰뚫고 들어가서는 칠 층 벽면을 뚫고 나왔다. 이윽고 화살은 유려한 궤적을 그리며 군웅전의 벽면을 깨부쉈고, 얼마 지나지 않아 두 사람이 들어가기에 충분한 구멍이 생겨났다.

"무기만 검으로 바꾸면 훌륭한 이기어검이겠는걸."

"원리 자체는 비슷하지."

두 사람은 어렵잖게 안으로 들어섰다.

"이건 심하다 싶을 정도의 공간 낭비인걸."

안으로 들어선 소천호가 중얼거렸다.

그도 그럴 것이 내부는 휑하기 짝이 없는 공간이었던 것이다. 일정 간격마다 세워져 있는 굵직한 기둥들을 제한다면 칠층 전체가 방 하나로만 이루어져 있었다.

더군다나 방이라 해 봐야 흔하디흔한 의자 하나 없는 곳인지라 일견 을씨년스럽기까지 했다.

"군웅전의 일곱 층 중에서 실질적으로 이용되는 곳은 네곳에 불과하지. 덕분에 나머지 세 개의 층은 이런 꼴을 면하지 못하고 있다."

"……!"

현월과 소천호의 표정이 딱딱하게 굳었다.

예기치 못한 곳으로부터 들려온 목소리. 두 사람이 서 있는 곳과 얼마 떨어지지 않은 곳에 목소리의 주인이 있었다.

스륵.

앞서 소천호가 부숴놓은 곳으로부터 달빛이 스며들었다.

길게 늘어진 달빛이 한 기둥의 뒤편으로 이질적인 그림자를 만들어냈다.

그곳으로부터 신형 하나가 느릿하게 걸어 나왔다.

"환영한다, 암제. 그리고 패도궁주."

소천호의 얼굴이 한껏 일그러졌다.

"개소리!"

그는 거의 반사적으로 시위를 당겼다. 그러고는 기다릴 것도 없다는 듯 곧장 놓았다.

쐐액!

화살은 그 어느 때보다도 빠르게 허공을 가로질렀다. 현월조차도 그림자의 주인이 도저히 피할 수 없으리라고 확신할 만큼.

퍽.

둔탁한 무언가를 꿰뚫는 소리.

그러나 소천호와 현월의 얼굴은 한층 딱딱해질 따름이었다.

그 소리는 그림자가 있는 곳보다도 훨씬 먼 곳으로부터 들려왔기에.

"이번에도 궁주직에 오르지 못한 모양이군. 그래도 성질 급한 것이야 변함이 없어 보이지만 말이야."

그림자 너머로부터 그가 걸어 나왔다.

청색과 자색이 어우러지는 도포. 백발홍안의 주름진 얼굴. 현월이나 소천호보다도 머리 하나쯤은 더 클 법한 체구.

그리고 도무지 깊이를 짐작할 수가 없는 기도.

현월은 그가 바로 무림맹주 남궁월임을 깨달았다. 그리고 자신이 알고 있던 남궁월과는 전혀 다른 존재라는 것 역시.

"네놈이 남궁월이냐."

소천호의 목소리는 착 가라앉아 있었다. 반면 그를 바라보는 남궁월의 얼굴엔 일말의 긴장감도 존재하지 않았다.

"그래, 지금은 그렇다."

"친한 척 지껄이지 마라."

소천호가 또 다른 화살을 시위에 메겼다.

"넌 여기서 내 손에 죽게 될 테니까!"

"그건 아무래도 힘들 듯하군."

티잉!

소천호가 흠칫했다. 날카로운 파공음과 함께 시위에 메겨져 있던 화살이 바닥에 떨어졌다.

이윽고 소천호의 오른손 중지 끝에 아롱지는 것은 검붉은 핏방울.

끊어진 시위가 윙윙거리는 소리를 냈다. 그것을 본 소천호가 이를 악물었다.

"은추천잠사(銀楸天蠶絲)를……!"

산동성에만 존재한다는 특수한 산누에에게서 뽑아낸 천잠사. 그 강도와 장력이 뛰어나 흉기로까지 쓰이는 것이 바로 은추천잠사였다.

어지간한 내공이 실린 검격으로도 끊을 수 없는 그것을 남궁월은 손끝 하나 대지 않고서 끊어낸 것이었다.

"이제 좀 이야기를 나눌 생각이 드는가?"

"닥쳐라!"

소천호가 득달같이 달려들려고 했다.

현월은 한발 앞서 그의 앞을 가로막았다. 충혈된 소천호의 두 눈이 귀기를 뿜었다.

"뭐하는 짓이냐!"

"너야말로 뭐하는 짓이지? 개죽음을 당할 생각이냐?"

"나는 놈을 죽일 것이다!"

"아니, 너는 그저 죽고 싶을 뿐이야."

소천호가 으득 입술을 깨물었다. 찢겨진 입술에서 선혈이 흘러내렸다.

현월은 담담한 시선으로 말을 이었다.

"약간이라도 승산을 올릴 수 있는 방법은 협공하는 것뿐이다. 하지만 지금의 넌 그 사실을 뻔히 알면서도 죽음을 재촉하고 있다."

"……."

"복수하기 싫은 건가? 간단히 죽음으로써 복수의 짐을 내려놓고 싶다는 건가?"

"개소리!"

"그렇다면 냉정을 찾아. 흥분한 상태로는 저자의 손끝 하나 건드릴 수 없다."

"큭……."

소천호는 얼굴을 잔뜩 일그러뜨리고는 주춤거리며 물러났다. 그 또한 현월이 지적한 바를 실감하고 있었던 까닭이다.

손끝 하나 대지 않고서 은추천잠사를 끊었다는 건 남궁월의 무위가 단순한 허공섭물의 경지를 아득히 뛰어넘었다는 뜻이나 다름없었다.

그 정도의 무위라면 상상의 영역이라 일컬어지는 심즉살마저도 가능할 터.

척 봐도 현월이나 소천호와는 격이 달랐다.

그들 또한 무림의 입장에선 극한에 다다른 무인들임에도.

'천하제일인… 이라는 건가.'

소천호는 마음속으로 신음을 삼켰다.

현월은 남궁월의 얼굴을 똑바로 응시했다.

"당신은 대체 누구지?"

남궁월의 입가에 미묘한 미소가 어렸다.

"알고 있을 텐데."

"아니, 난 당신에 대해 전혀 몰라."

"무림맹주, 천하제일인, 하늘을 가른 자, 남궁월. 지금의 세상은 본좌를 그렇게 부른다."

'지금의 세상?

현월의 눈매가 가늘어졌다.

"그렇다면 다른 세상에서는 뭐라고 불렸지?"

"뭐?"

반문을 한 것은 시무룩하게 있던 소천호였다. 그는 이해할 수 없다는 눈으로 현월을 바라봤다.

다른 세상이라니?

대체 그게 무슨 소리란 말인가?

"역시."

남궁월의 미소가 한층 짙어졌다.

"너 또한 본좌와 같은 입장인가."

"같은… 입장?"

"그렇다. 너라면 이것만으로도 어느 정도 짐작할 수 있으리라 보는데."

그랬다.

현월은 충격을 가라앉히기 위해 깊게 심호흡했다. 그럼에
도 쿵쾅거리는 심장의 약동은 한층 강해질 따름. 온몸의 피가
거꾸로 솟아오르는 듯했다.

'놈도… 나와 같은 부류란 말인가?'

역천자. 시공을 거스른 존재.

그런 생각을 해보지 않은 것은 아니었다.

대법을 통해 현월 자신이 과거로 돌아온 것처럼 그와 같은
길을 택한 자가 아주 없지는 않으리라는 생각 말이다.

현 시대의 남궁월에 대한 평판이 현월이 알던 바와 완전히
다르다는 걸 깨달았을 때 어렴풋이 불안감을 느끼긴 했었다.
어쩌면, 혹시나 하는 생각.

그리고 지금.

그 불안감이 현실로 다가온 순간, 현월은 온몸의 힘이 쭉
풀리는 기분이었다.

"대체 당신은 누구지?"

현월은 질문했다. 앞서 했던 것과 같은 질문을.

남궁월은 이번에도 대답하지 않았다.

"그러는 너는 누구지?"

"나는……."

"암제, 현월, 혹은 그로 위장한 존재일지도 모르지."

"뭐라고?"

현월은 움찔했다. 위장이라니?

그제야 남궁월에게서 느꼈던 위화감이 이해가 되었다. 단순히 무공의 높고 낮음을 떠나서 지금의 남궁월이 풍기는 느낌은 현월이 알고 있던 남궁월과 완전히 배치되었던 것이다.

내력의 높고 낮음에 차이가 있을 수는 있다. 하지만 내공을 구성하는 기반, 각각의 심공이 지닌 특유의 느낌 자체가 다를 수도 있을까?

처음부터 아예 다른 무공을 지니지 않은 바에야 그것은 불가능했다.

유설태의 꼭두각시인 암제로서 암약하던 시절, 현월은 당시 맹주이던 남궁월의 무공 및 버릇 등에 대해 철저히 파악해야 했었다.

그 또한 암살해야 할 날이 올지도 모른다며 유설태가 정보를 제공해 주었던 까닭이다.

당시에 파악했던 무공의 성질과 지금 남궁월이 은은하게 흘리고 있는 기운의 성질은 전혀 달랐다.

"너는 무림맹주가 아니야."

현월의 확신 어린 목소리에 움찔한 쪽은 소천호였다.

"무림맹주가… 아니라고? 저놈이 무림맹주 남궁월이 아니란 말이냐?"

"진짜 남궁월은 어디에 있지?"

현월의 추궁에 남궁월은 피식 웃었다.

"제법 많은 것을 알고 있군. 아무래도 너를 이곳으로 불러들인 것은 적절한 조치였던 듯싶군."

"대답하지 않을 셈인가?"

"대답하지 않을 셈이냐고? 아니, 오히려 그 반대다. 나는 네게 대답해야 할 의무가 있지. 아니, 의무라기보다는 갈망이라고 해야 정확하겠군."

"갈망이라고?"

"그렇다."

달빛을 반사시키는 남궁월의 눈빛에 순간 기기묘묘한 색이 스쳐 지나갔다.

"생각해 보았나? 그 어느 누구와도 같은 삶을 공유할 수 없는 존재, 영원히 고독할 수밖에 없는 존재가 자신과 같은 부류를 마침내 만나게 되었을 때의 희열을 말이다."

"자신과 같은 부류라고?"

"그래, 바로 너 말이다, 현월."

남궁월의 신형이 변하기 시작했다. 그것은 마치 급속도로 펼쳐지는 반로환동과도 같았다.

얼굴에 잔뜩 새겨진 주름들이 팽팽하게 펴지고 퍼석하던 피부 위로 생기가 감돌았다. 새하얀 백발은 비단결 같은 흑발로 변하고 일부분 구부정하던 허리가 곧추세워졌다.

몇 번의 호흡조차 지나지 않을 시간 동안 남궁월의 육체는 두 사람의 눈앞에서 시간을 거슬러 올라갔다.

"이, 이건……!"

소천호는 물론이고 현월 또한 경악성을 짓씹었다. 대오 각성을 하거나 기연을 얻은 것조차 아닌 스스로의 의지만으로 펼치는 반로환동이라니.

단순히 외관만 변한 것이라면 이렇게까지 놀라지 않았을 것이다.

역용술이나 변장술을 총동원한다면 어찌어찌 가능할 테니까.

그러나 남궁월은 분명히 두 사람의 눈앞에서 젊어졌다.

대체 그것을 뭐라고 설명해야 할지 난감할 정도였다.

현월도 소천호도 어설픈 고수들과는 궤를 달리하는 강자들.

그들조차 남궁월이 펼친 반로환동으로부터 그 어떤 속임수도 발견할 수가 없었다.

그의 육체는 진정으로 젊어진 것이다.

'이자는 대체……?'

현월은 남궁월의 젊어진 모습이 어딘지 모르게 낯이 익다고 생각했다.

하지만 그게 정확히 누구와 닮은 것인지는 뚜렷하게 알 수 없었다.

"너에겐 내 모든 것을 말해주고 싶지만 그러기 위해서는 우선 불청객부터 청소할 필요가 있겠지."

한층 젊어진 음성으로 남궁월이 말했다. 그 순간 그의 시선은 현월의 왼편에 있는 소천호에게로 향해 있었다.

타앙!

소천호가 땅을 박찬 것은 거의 찰나지간이었다. 그와 거의 동시에 현월은 한줄기 바람이 자신의 옆구리를 스쳐 지나감을 느꼈다.

'빠르다!'

어둠 속에서 극도로 예민해진 현월의 감각으로도 그 움직임을 겨우 잡아내는 것이 전부였다. 아마 남궁월이 마음만 먹었던들 현월에게 치명타를 먹이는 것쯤은 어렵지 않았을 것이다.

그리고 남궁월은 지금 소천호를 죽이려 하고 있었다.

카앙!

날카로운 금속음과 함께 불꽃이 튀었다. 소천호의 몸이 벽면을 향하여 주르륵 밀려났다. 강궁의 몸체로 어렵사리 남궁월의 일격을 막은 것인데, 그 여파만으로도 정신이 아찔해질 지경이었다.

"제길!"

욕설을 뱉는 소천호에게로 재차 남궁월의 신형이 쇄도했다.

현월은 반사적으로 그를 향해 신형을 날렸다. 머리로 생각하고 행동했다기보다는 일단 소천호를 살려야겠다는 생각이 앞섰던 까닭이다.

'어째서?'

현월은 내심 자문해 보았다. 그리고 어렵잖게 그 이유를 파악할 수 있었다.

'놈과 단둘이 남게 된다면 그땐 도저히 승산이 없게 된다.'

인정할 수밖에 없었다. 남궁월이 아무리 현월을 동류라고 불러도 현월은 그와 한 패거리가 된다는 것을 도저히 상상할 수가 없었다.

그 이유를 논리적으로 설명하라면 아마도 할 수 없을 터.

현월로서는 그저 이렇게 대답할 수밖에 없었다.

'내 본능이 그렇게 시킨다고… 말이지.'

남궁월의 배후로 짓쳐들어온 현월이 검격을 펼쳤다. 암천비류공의 검초 중에서도 최고의 속도를 자랑하는 살섬영(殺纖影)의 일초.

강기를 한껏 머금은 현인검의 검극이 수 갈래로 갈라져서는 남궁월의 신형을 향해 몰려들었다.

그러나 다음 순간.

"……!"

현인검의 검극은 아무도 없는 허공만을 훑고 있었다. 그 찰나의 순간에 남궁월은 어렵잖게 현월의 검망을 빠져나가 버린 것이다.

"왜 나를 공격하지?"

남궁월의 목소리는 등 뒤에서 들려왔다. 현월은 침음을 삼키며 신형을 반전시켰다.

여전히 여유로워 보이는 남궁월의 얼굴이 눈에 들어왔다.

"당신은 내게 가장 중요한 것들을 설명하지 않았다."

"가장 중요한 것?"

"당신의 진정한 정체가 무엇인지, 그리고 어떻게 회귀대법에 대해 알고 있는지."

"그 의문들에 대해서는 대답하겠다고 말한 걸로 기억하는데. 저것을 먼저 처리한 다음에 말이야."

'저것'이라 지칭당한 소천호가 이를 악물었다. 남궁월의 어조는 분명 소천호를 인간이 아닌 물건 따위로 치부하는 느낌이었다.

혹은 그 이하의 존재로.

"난 당신을 신뢰할 수 없다."

현월은 살기를 지우지 않은 채 말했다.

"그리고 이자를 죽게 내버려 두고 싶지도 않고."

"멍청한 소리를 지껄이는군."

남궁월의 얼굴에 처음으로 파문이 일었다. 분노나 적의라기보다는 짜증에 가까운 감정. 마치 멋모르는 어린아이의 투정을 마주했을 때나 지을 법한 표정이 그의 얼굴에 걸려 있었다.

"네가 왜 그것에 연민을 느끼는지는 잘 알고 있다. 한평생을 그리워한 계집을 허무하게 잃은 것이 불쌍할 테지. 그 계집을 위해 복수하겠다고 날뛰는 놈에게 공감을 느꼈을 테지. 하지만 그 모든 것은 무가치한 일이다. 너나 나에게 있어서는 말이다."

"그 입, 닥쳐라!"

소천호의 일갈에도 남궁월은 꿈쩍하지 않았다. 그는 아예 소천호의 존재 자체를 배제한 채로 현월을 향해서만 대화를 이어가고 있었다.

"너도 언젠가는 느끼게 될 것이다. 아마도 이번이 처음 회귀이기 때문일 테지. 그렇기에 아직은 자신이 저것들과 같은 부류라고 생각하고 있는 것일 테지."

"당신이 말하는 저것들이란 게 대체 뭘 뜻하지?"

"뻔한 것 아니겠나? 선택받지 못한 것들. 너와 나를 제외한 모든 인간들을 뜻하는 것이다."

남궁월의 시선이 소천호에게로 향했다. 그 시선은 마치 무정물을 바라보는 듯 아무런 감정도 담고 있지 않았다.

"너도 나만큼의 경험을 쌓게 된다면… 저것이 지닌 감정이란 게 얼마나 무의미하고 가치 없는 것인지 알게 될 것이다.

네가 본디 소중하다고 여겼던 것들이 사실은 발에 차이는 길거리의 돌멩이와도 같다는 것을 말이야."

"네놈……!"

소천호가 뿌드득 이를 갈았다.

그러나 그는 혼란스러운 듯 별다른 행동을 취하지 못하고 있었다.

그럴 수밖에 없는 것이 남궁월이 하는 말 중에 절반은 도저히 이해가 불가능했던 것이다.

어투나 태도 등을 봐서는 자신을 경멸하고 있다는 것이 분명히 느껴졌다.

그러나 언어를 통해 풀어지는 내용은 도저히 무슨 소리인지 알 수가 없었다.

그것은 현월 또한 마찬가지였다.

"대체 무슨 소리를 하는 거지?"

"간단히 설명해 주지."

남궁월은 싸늘한 눈으로 현월을 응시했다.

"혈교에 복수하는 것이 너의 목표이지. 그렇지 않은가?"

"그건……."

"하지만 이렇다면 어떨까? 네가 모든 것을 바쳐서 혈교를 멸망시키고 그로 인해 무림 전체에 평화가 찾아온다고 치지. 하지만 얼마 지나지 않아 네 정신이 다시금 과거로 돌아가게 되고 또다시 혈교가 존재하는 세상이 눈앞에 놓인다면?"

"뭐… 라고?"

"혈교에 대한 복수심이 아직은 남아 있어 다시금 혈교를 멸망시킨다고 치지. 하지만 변하는 것은 없다. 일정한 시간이 지나고 난 후에는 또다시 네 인생은 과거로 돌아가게 된다."

소천호는 이게 대체 무슨 소리인가 싶어 남궁월과 현월을 번갈아 돌아봤다. 그리고 두 사람의 표정이 전에 없이 진중하다는 것을 깨닫고는 내심 놀랐다.

특히나 현월의 표정은 언어로 형언하기 어려울 수준이었다.

도저히 감당할 수 없을 정도의 충격에 휘청거리는 자.

소천호의 망막에 비친 현월의 모습은 그러했다.

"두 번, 세 번, 열 번, 백 번… 그 횟수가 반복될수록 너의 결의는 무뎌져만 갈 것이다. 그럴 수밖에 없을 테지. 네가 무슨 짓을 한다 치더라도 변하는 것은 없으니까. 넌 영원히 이 끝나지 않을 궤도 안에서 구르고 굴러야 할 테니까."

"그게 대체……."

"종국에는 별별 짓을 다 시도해 보게 될 것이다. 거꾸로 혈교의 편에 서서 정파 무림을 멸망시키려고도 들 테고, 미치광이라도 된 양 마구잡이로 살육을 해대기도 할 테고, 모든 것을 내던진 채 은거하려고도 들 테지. 그리고 그 마지막엔 항상 그래 왔던 것과 같은 결과를 눈앞에 두게 될 것이다. 모든 것의 시작점으로 돌아가는 것이지."

"……!"

현월의 몸이 크게 휘청거렸다.

조금 전까지와는 너무나도 다른 태도에 소천호가 당황했다.

"가, 갑자기 왜 그러는 거야? 대체 놈이 지껄이는 말이 무엇이기에?"

현월은 그의 질문에 대답하지 않았다. 아니, 대답할 수가 없었다.

그가 할 수 있는 거라고는 그저 안간힘을 쥐어짜 질문하는 것뿐이었다.

"대체… 당신은 그걸 몇 번이나 반복한 거지?"

남궁월은 잠시 침묵했다. 생각할 시간이 필요했던 까닭이다.

"칠백육십 번쯤 되었을 것이다, 아마도."

8장

제갈철

　처음 회귀에 성공하였을 때 그는 자신이 세상에 다시없을
축복을 받았노라고 생각했다.

　시작은 혈교의 패망이었다. 유설태를 비롯한 지천궁의 무
리가 무림맹 내부로 스며들게 되고, 패도궁과 무한궁을 비롯
한 교내 세력들이 한동안 숨을 죽인 채 지내게 되는 시기.

　그러나 그것은 본디 일어나지 않았어야 정상인 역사였다.

　본디 무림맹은 혈교를 이길 수 없는 입장이었다.

　이미 두 세력 간의 차이는 완연한 수준이었고, 절세의 고수
가 등장한다 하더라도 쉽사리 뒤집을 수 있을 만한 것이 결코

아니었다.

하나 혈교에는 정파 무인들이 미처 알지 못한 몇 가지의 취약점이 존재했다.

내부인이 아니고서는 감히 알아낼 수 없을 미세한 취약점이 말이다.

예컨대 패도궁과 무한궁 사이의 갈등이나 상대적으로 천대받고 있던 궁외 세력들의 불만 사항 같은 것이 그러했다.

그러나 이것은 어디까지나 내부인들, 그중에서도 극소수만이 감지할 수 있는 것이었다.

그가 이러한 사실들을 알게 된 것은 오로지 수십 년의 경험 덕택이었다.

본디 그가 알고 있던 미래에서 무림은 혈교의 발아래에 짓밟힌다. 그 또한 혈교도들에 의해 패배하고 짓밟힌다. 목숨보다도 소중한 아내와 자식들은 그 과정에서 처참하게 살해당한다.

그의 재능을 눈여겨본 혈교도들에 의해 그는 노예와 다름없는 취급을 받으며 겨우 목숨만을 부지할 수 있었다.

그 과정에서 이 당시 혈교 내의 약점들에 대해 알게 되었다.

회귀대법에 대해 우연찮게 알게 된 것도 이때의 일.

그는 근 이십 년에 가까운 시간을 인내했다.

자신의 속내를 철저하게 숨긴 채 혈교에 절대적으로 충성하는 노예의 삶을 자처했다.

그의 두뇌는 무척이나 뛰어난 편이었기에 혈교도들은 마침내 그에게 각종 사서와 기록들을 맡기게 되었다.

거대한 지식의 보고인 혈교도의 서고가 그에게 개방되었다.

그리고 그 안에서 잠들어 있던 회귀대법서 역시.

아마 혈교도들은 별다른 걱정을 하지 않았을 것이다. 그의 내공이 폐해졌을 뿐더러 단전이 완전히 박살 나 도저히 무공을 익힐 수 없는 몸뚱이가 된 지 오래였으니 말이다.

천우신조라고도 할 수 있었다.

어찌 되었든 회귀대법은 무공이 아닌 술법.

망가진 육신과 텅 빈 단전만으로도 펼치는 것이 가능했으니까.

그는 거리낌 없이 회귀대법을 시행했다.

그리고 꿈에 그리던 과거로 되돌아오게 되었다.

그 시점에서 그의 목적은 하나였다.

혈교라는 이름의 집단이 이 세상에서 완전히 사라지는 것.

혈교와 관련된 모든 존재를 박멸하고 무림에 평화를 가져오는 것.

첫 시도는 실패로 돌아갔다.

그는 무턱대고 혈교의 자중지란을 노리려 했고 아무것도 모르는 정파 무림의 구성원들은 이러한 그의 행동을 쓸데없는 일로 치부했다.

그들을 잘 설득했더라면 상황이 달라졌을 테지만 미처 그러지 못했고 결과적으로 혈교 내의 내분은 일어나지 않았다.

정파 무림은 앞선 미래와 마찬가지로 철저히 짓밟혔다. 차이가 있다면 목숨만은 겨우 부지할 수 있었던 전번과 달리 그가 처참한 죽음을 맞이했다는 것이었다.

혈교의 내분을 획책하려 한 계획이 들통 난 까닭이었다.

온몸이 갈가리 찢기는 비참한 죽음 뒤 그를 찾아온 것은 안식이 아닌 또 다른 과거였다.

맨 처음 회귀대법을 실시했을 때 도달했던 과거로 돌아온 것이다.

그는 하늘을 우러르며 거듭 감사했다.

또 한 번의 기회. 모든 과오를 바로잡을 기회를 내려준 것에 대하여.

이번엔 좀 더 신중하게 접근하기로 했다. 앞선 회귀 때의 과오와 실수를 반면교사로 삼았다. 또한 아군이라 할 수 있는 정파 무림인들을 포용하고 자신의 계획을 철저히 설득시키려 했다.

그러나 또다시 실패했다.

이번엔 계획을 제대로 펼쳐 보기도 전에 갑작스레 찾아온 암살자에 의해 비명횡사하고 만 것이었다.

혈교는 무림맹 내에 간자들을 잔뜩 풀어놓았었는데, 그는 그것도 모른 채 바보처럼 자신의 계획을 미리 누설해 버렸던 것이다.

당연히 혈교의 입장에선 삭초제근하려 들 수밖에.

두 번째 회귀는 이렇게 허무한 죽음으로 끝이 났다.

그리고 또 다른 과거의 아침이 그를 맞았다.

그는 계속하여 불가능에 도전했다. 세 번째 회귀로부터 열다섯 번째 회귀까지는 회귀 이후에 십 년을 채 넘기지 못하고 목숨을 잃었다. 그의 목숨을 앗아간 것은 대부분 암살과 독살이었다.

시행착오 한 번에 목숨이 하나.

그리고 또다시 이어지는 과거로의 회귀.

열 번도 넘게 죽었고, 죽는 동안 바뀌는 것은 아무것도 없었다.

그는 미칠 것만 같았다.

한 번 죽고 과거로 돌아갈 때마다 영혼의 일부가 깨어져 나가는 것만 같았다.

앞선 생에서 자신을 죽였던 자가 이번 생에서는 아무것도 모른 채로 친근하게 군다는 것. 훌륭한 인품을 지닌 줄 알았던 자가 사실은 혈교의 간자였다는 것을 깨닫는 기분은 결코 좋지 않았다.

그 과정에서 그가 여실히 깨달을 수 있었던 사실은 단 하나. 무림맹이 그가 생각하는 것 이상으로 썩었다는 점이었다.

거듭된 실패의 끝에 그는 마침내 모든 것을 포기하기로 했다. 스물일곱 번째로 회귀했을 때 그는 미련 없이 무림맹을 탈퇴하고는 은거에 들어갔다.

인적이 드문 산골에 초옥 하나만 마련한 채 아내와 자식들과 함께 유유자적하는 삶을 즐길 생각이었다. 혈교도, 무림맹도 더 이상은 알 바가 아니었다. 무림맹이 멸망하더라도 그는 아무런 감흥도 느끼지 못할 거라 확신했다.

그는 수십 년을 은거한 채로 평화로이 살다 죽었다. 그 와중에 무림맹이 멸망하고 천하를 손에 쥔 혈교가 내분으로 인해 사분오열하기는 했지만 그 모두가 그와는 관련 없는 일일 따름이었다.

오히려 소소한 사건들이 그의 가슴에 흉터를 새겨놓았다.

십 년을 채 자라지 못하고 요절해 버린 딸. 나물을 캐러 갔다가 실족하여 숨진 아내. 성년이 되고서 돌연 무명을 떨치겠다며 집을 떠나 다시는 돌아오지 않은 아들…

말년의 그는 홀로 외로이 죽음을 맞았다.

싸늘하게 식어버린 방바닥과 노환으로 인한 폐병(肺病).

지독한 외로움이 그의 마지막을 함께했다.

초라한 죽음.

그리고 또다시 눈앞에 펼쳐진 과거.

"아아아!"

그는 자기도 모르게 비명을 토했다. 그제야 자신에게 주어진 상황이 하늘의 도우심이 아니라는 것을 여실히 느낄 수 있었다.

그는 발작적으로 검을 뽑아 자신의 심장을 찔렀다. 스스로의 숨통을 끊음으로써 이 모든 악순환이 종결되기를 바라며.

그러나 끝은 없었다.

다음 순간 눈을 뜬 그의 앞에는 수십 번도 더 보아서 지겹기만 한 전경이 펼쳐져 있었다.

몇 차례의 자살 시도 끝에 그는 스스로의 숨통을 끊는 것을 보류하기로 했다.

대신 자신에게 주어진 무한회귀(無限回歸)의 상황을 이용할 방안을 찾기로 했다.

무공에 생각이 닿은 것은 그때쯤.

타인의 수십, 수백 배의 시간을 지니게 된 그였다.

물론 회귀할 때마다 육체는 과거의 것으로 되돌아갈 터였지만 정신과 기억의 영역은 그렇지 않다는 것이 중요했다.

그는 게걸스럽게 무공을 탐하기 시작했다.

조금이라도 이름난 무공을 어떻게든 머릿속에 새기려 했고 각각의 무공들을 철저히 연구하는 데에 전력을 쏟았다.

혈교의 도래도, 정파 무림의 패망도 그로서는 알 바 아닌 일이었다. 그는 자신을 제외한 모든 것으로부터 관심을 완전히 끊었다.

우선은 무공이었다.

매번 과거로 돌아올 때마다 그를 맞이하는 것은 젊은 시절의 미비한 내공만을 지닌 몸뚱이. 그러나 수십 년 세월에 걸친 경험과 지식은 고스란히 머릿속에 축적되어 있었다.

그는 그 지식과 경험을 쫓아 빠르게 성장하였다.

그리하여 천고의 기재 소리를 들으며 일성(一城)을 좌우하는 위치에 올라설 수 있었다.

그뿐만이 아니었다.

그가 축적해 놓은 지식 중에는 무림의 역사를 크게 뒤흔들 사건들 또한 존재했다.

그리고 그중 일부는 회귀한 그의 선택에 따라 얼마든지 향방이 뒤바뀔 수 있는 것이었다.

하지만 그는 그 정도에 만족하지 않았다. 이 정도 무위쯤이야 어지간한 기재라면 얼마든지 다다를 수 있는 영역.

그는 나머지 인생을 고스란히 무공의 정립 및 연구에 쏟아부었다.

십여 차례 가까운 회귀를 거듭한 결과 자신의 몸에 딱 들어맞는 무공을 창시하는 경지에 이르렀다.

하지만 그는 그 정도에 만족하지 않았다. 무공이 어느 정도 완성되자마자 곧바로 연단술과 내단 조제로 시선을 돌렸다.

나아가 천고의 영약들의 위치 및 효능을 파악하는 데에 주력했다.

여기에서 수차례의 회귀가 소모되었다. 그 결과 그는 단기간 내에 최적의 육체를 완성할 방법을 머릿속에 꿰게 되었다.

그리하여 백여 번의 회귀를 넘어섰을 때 그는 십 년 내로 천하제일인의 위치에까지 오를 수 있는 경로를 확보할 수 있었다. 또한 지식과 경험이란 측면에 있어선 인간의 한계를 넘어섰다고 해도 과언이 아닌 수준이 되었다.

그쯤 되고 나니 자기 단련에도 완전히 질려 버리고 말았다.

그리고 그렇게 되고 나니 다시 한 번 원래의 목적을 이루어 보자는 생각이 들었다.

그는 다시금 혈교의 패망을 위해 움직이기로 했다.

다만 이번에는 지금까지와는 다른 방식으로 접근하기로 했다.

무림맹 내에 동조자를 만드느니 그냥 그 자신이 본디 지니고 있는 능력만으로 혈교에 내분을 일으키기로 한 것이다.

우선은 맹 내의 간자들부터 처단하기로 했다.

앞서 그에게 암살자와 극독을 선사했던 이들이 반대로 그의 손에 의해 사냥당해 스러졌다.

셀 수도 없을 만큼 회귀를 반복하는 동안 그는 실로 수많은 이들에 의해 목숨을 잃어보았고, 그런 까닭에 자신을 죽였던 자들 및 배신자들에 대해서도 속속들이 파악하고 있었다.

맹 내의 정리가 끝난 다음, 본격적인 계획에 착수했다.

계획은 당대의 패도궁주와 무한궁주 간의 갈등을 부채질하는 방향으로 전개되었다.

처음의 몇 번은 깔끔하게 실패해 버렸고, 그 결과 혈교와 무림맹의 전쟁이 벌어졌다.

그런 경우엔 그 또한 전쟁의 풍랑 속에 몸을 실었다. 어떨 때는 체력이 고갈된 채 탈진하여 죽기도 했고, 어떤 때는 애먼 칼날에 맞아 허무하게 죽기도 했다.

어떤 때는 그의 무위를 두려워한 혈교 고수들의 협공에 최후를 맞이하기도 했다.

또한 어떤 때는 방심한 동안 급소를 찔려 목숨을 잃기도 했다.

같은 과정이 거듭 반복되었다.

그러던 중에 전면전에서 승리해 오히려 혈교도들을 물러나게 만들기도 했다.

또한 이 전쟁 자체가 그에게 귀중한 경험과 지식을 가져다주었다.

거듭된 회귀를 통해 그는 그 어떤 무인조차도 감히 다다를 수 없을 지경의 막대한 전투 경험을 머릿속에 새기게 되었다.

계속된 실패를 보완하는 것 또한 순조롭게 이루어졌다. 열 번 찍어 안 넘어가는 나무가 있다면 백 번, 천 번이고 찍어내면 될 일이었다.

그리고 마침내.

혈교는 자중지란을 일으키고 말았다.

무림맹을 궤멸시키려 들기 전에 내분으로 인해 공멸하게 된 것이다.

그가 미루어 말할 수 없을 정도의 성취감을 느낀 것은 당연한 일이었다.

"그 이후는 아마도 너 또한 잘 알고 있을 테지. 혈교는 패망하긴 했으되 결코 사라지진 않았다. 오히려 유설태를 비롯한 무리를 맹 내에 심음으로써 훗날의 복수를 기약하게 되지."

"……."

"또한 그 과정에서 너, 암제라는 존재가 탄생한다."

현월은 어떤 말도 꺼내지 못한 채 남궁월을 바라봤다.

"혈교를 패망시킨 나는 그 후의 일에 일절 개입하지 않기로 했다."

"개입하지 않았다고?"

"그래, 그 결과 혈교는 다시금 힘을 길러 기어이 무림맹을 멸망시키고 말더군. 그 과정에서 특히나 돋보이던 존재가 바로 너였고 말이다."

"그런……."

"그 시점에서 나는 지독한 허무감을 느꼈었다. 무엇보다 힘든 것은 죽음으로써 안식을 얻을 수 없다는 점이었지."

"……."

"거기에 더불어 지독한 고독감까지 나를 감쌌다. 세상 그 누구도 나를 이해할 수 없으리란 고독감, 나는 이 세상에 철저히 홀로 동떨어진 존재라는 고독감……."

남궁월의 입가에 자조적인 미소가 스쳤다.

"그때 한 가지 생각이 떠오르더군. 나와 같은 입장에 놓이게 된 자가 존재한다면… 이 고독한 외길에도 약간의 포근함이 찾아들지는 않을까 하는 생각."

"설마……!"

"그래, 나는 나와 같은 역천자를 만들어내기로 결심했다."

현월은 머리를 망치로 세게 얻어맞은 듯한 기분이었다.

그가 회귀대법서를 발견한 것이 그저 우연이라고만 생각했었는데 이제 와 보니 그게 아니었던 것이다.

"그 역천자로 점찍은 것이 바로 나란 말인가?"

"아니."

남궁월은 씁쓸히 고개를 저었다.

"처음은 네가 아니었다. 내 아내였지."

"…그녀는 어떻게 되었지?"

"나는 무턱대고 그녀에게 회귀대법서를 내밀었다. 그리고 내가 처한 상황과 나의 입장에 대해 설명했지."

"그리고?"

남궁월의 입가에 씁쓸한 미소가 스쳤다.

"아내는 나를 괴물 보듯 바라보더군. 그녀를 말로 설득할 수 없으리라는 것을 여실히 깨달았지. 할 수 없이 내가 직접 그녀에게 회귀대법을 실시했다."

"강제로 대법을 실시했단 말인가?"

"그래, 내게는 다른 방법을 떠올릴 겨를 따위가 없었다. 그저 한시라도 빨리 이 고독에서 벗어나고 싶은 마음뿐이었으니 말이야."

"…그래서 어떻게 됐지?"

남궁월이 돌연 큭큭거리며 웃었다.

"그녀는 사라져 버렸다. 내 앞에서도, 아이들의 앞에서도 완전히 사라져 버렸어."

"사라져 버렸다고?"

"그래, 단순히 죽어버린 정도에서 그치지 않고 아예 존재 자체가 지워져 버렸다."

"그럴 수가……!"

"세상 그 누구도 그녀를 기억하지 못한다. 심지어 내 자식들조차도! 아이들에게 어미에 대해 얘기하면 그저 멍한 눈으로 날 바라보기만 할 뿐이지. 그 눈빛을 볼 때의 기분을 네가 알까?'

"……."

"결국 그녀를 기억하는 것은 오로지 나 하나밖에 남지 않게 되었다."

고독을 없애고자 택한 방법으로 인해 더욱 극심한 고독에 시달리게 된 셈. 그러나 현월은 그에게 연민을 느낄 수가 없었다.

"그래서 나는 방법을 바꾸기로 했지. 확단할 수는 없지만 아마도 내가 강제로 대법을 펼친 것이 문제였으리라 진단했다. 그리하여 이번엔 강제적으로 대법을 펼칠 게 아니라 자연스럽게 대법서를 손에 넣은 자가 스스로 대법을 펼치게끔 유도하기로 결심했다."

"그렇다면 설마……?"

남궁월이 고개를 끄덕였다.

"그래, 네가 회귀대법서를 손에 넣게 된 것은 결코 우연이 아니다. 우연을 가장한 필연이라 하는 것이 옳겠지."

꾸욱.

터질 듯 쥐어진 현월의 오른손이 바르르 떨렸다. 어찌나 세게 쥐었는지 새하얗게 질려 버린 손가락 사이로 선혈이 흘러

내렸다.

"어째서 나지? 수많은 사람들 중 구태여 나를 선택한 이유가 뭐냐?"

"네가 가장 가능성이 높다고 생각했으니까. 너는 나와 비슷한 처지에 놓여 있었다. 나와 마찬가지로 혈교에 의해 무림맹이 멸망하는 과정을 목도하게 되었고 당연하게도 그것을 저지하고자 마음을 먹을 가능성이 높았지."

"그런······!"

"그렇지 않은가? 무림맹의 멸망을 눈앞에 뒀을 때 네가 느낀 감정은 무엇이었지?"

현월은 섣불리 대답할 수가 없었다. 그러나 침묵하는 것만으로도 남궁월에게 있어선 충분한 대답이 되었을 터였다.

남궁월의 입가가 귀밑까지 늘어졌다.

"복수심. 모든 것을 바쳐서라도 반드시 해내고야 말겠다는 의지. 그런 것들일 테지."

"······."

"나 또한 그러했다. 혈교의 멸망을 위해서라면 무엇이든 할 수 있다고 생각했고 실제로 이를 행했지. 그 결과가 이것이다. 이제 너 또한 맛보게 될 테지."

남궁월이 기대감 가득한 얼굴로 웃었다.

"과연 너는 몇 번까지 견딜 수 있을까?"

"네 말은 개소리에 불과해!"

일갈을 뱉은 이는 소천호였다.

잠자코 두 사람의 대화를 듣고 있던 그가 더는 참지 못하고 나선 것이다.

"회귀대법이라고? 영원한 삶의 반복이라고? 그런 헛소리가 통할 거라 생각한다면 오산이다, 남궁월!"

"남궁월이 아니야."

현월이 나직이 중얼거렸다.

그 순간 그의 머릿속을 스쳐 가는 것은 언젠가 금왕과 나누었던 대화의 일부였다.

"당대 패도궁주였던 백주천과 무한궁주 맥취염 사이에 갈등이 있었지. 지천궁주 유설태는 그것을 봉합하느라 동분서주하고 있었고."

금왕의 말은 그것으로 끝이 아니었다.

"그 내분은 당대 무림맹 군사인 제갈철의 지략에서 나온 것이었지."

현월의 입이 나직이 열렸다.

"제갈철."

"……"

"당신이로군. 당신이 무림맹주의 자리를 꿰차고서는 그인 척 행동해 온 것이었어."

남궁월, 아니, 제갈철의 입가가 호선을 그렸다.

"그렇다."

9장

회유

무림맹의 총군사.

현재 그 자리를 맡고 있는 이는 유설태다.

물론 그의 진정한 정체는 혈교의 장로이자 지천궁주였지만 대외적으로 알려져 있는 정체는 일단 무림맹의 군사였다.

그리고 그가 군사의 자리에 오르기 이전, 혈교가 한차례 자중지란을 일으켜 패퇴하던 시기.

그 당시의 무림맹 총군사가 바로 제갈철이었다.

그는 명실상부한 무림의 영웅이었다. 절세의 지략으로 혈교를 내분으로 이끌고, 적재적소에 무사들을 투입하여 그들을 패퇴시킨 업적은 무림사의 그 누구에게도 뒤처지지 않는 것이었다.

그러나 어느 날.

혈교를 패퇴시킨 제갈철은 돌연 종적을 감추게 된다.

그 빈자리를 꿰찬 것이 유설태였다. 다만 그 과정은 그다지 순탄하지는 않았는데, 현월이 기억하기로도 상당히 오랜 기간의 잡음이 존재했었다.

'이상하다고는 생각했었다.'

갑자기 사라져 버린 군사.

그 자리를 이은 무명의 문사.

구태여 무림맹의 사정에 빠삭한 사람이 아니라 하여도 이질감을 느낄 수밖에 없는 상황이었다.

현월이 기억하기로, 당시 유설태의 군사직 취임을 강하게 밀어붙였던 인물이 바로 무림맹주 남궁월이었다.

또한 그는 사라져 버린 제갈철에 대한 함구령을 내리기도 했다.

때문에 이로 인한 뒷말이 많을 수밖에 없었다. 새로이 군사 직에 오른 유설태가 유능하게 임무를 수행하면서 차차 잡음은 사라져 갔지만 말이다.

호사가들은 신중을 기하면서도 남궁월과 제갈철 간의 관계에 대해 떠들기를 멈추지 않았다.

기실 이것이야말로 재담꾼들의 구미를 당길 만한 소재임이 분명했다.

홀연히 사라져 버린 무림 영웅. 그에 대한 함구령을 내린 무림맹주.

하나의 가설이 만들어지는 것은 순식간이었다.

'제갈철에 대한 지지가 너무나 커져 종래에는 자신의 자리마저 위협하게 되리라 생각한 맹주 남궁월이 비밀리에 그를 제거하고는 행방불명으로 처리해 버렸다.'

그러한 이야기가 공공연히 맹 내를 나돌았다. 남궁월이 추가적인 조치를 취하지 않았고, 짤막한 태평성대가 이어진 탓에 이내 시들어 버리긴 했지만.

"하지만 진실은 그게 아니었던 거군."

현월은 씁쓸히 중얼거렸다.

"제거당한 쪽은 군사가 아닌 맹주였던 거야."

"그렇다. 이번 시간대에서는 말이지."

남궁월, 아니, 제갈철의 입가가 호선을 그렸다.

현월은 그 웃음 너머에서 언뜻 비치는 광기를 느끼며 표정을 굳혔다.

"지난번, 그러니까 네가 회귀하기 직전의 삶에선 남궁월을 내버려 두었지. 어차피 그 무능력자가 할 수 있는 일은 아무것도 없었으니까. 매번 무림맹의 편만 드는 것이 재미없어지기도 했고 말이야."

"……."

"그래서 이번엔 혈교의 손을 들어주었지. 그 와중에 네 존재감이 꽤나 두드러지더군. 암천비류공을 대성할 수 있는 체질을 타고난 자는 그렇게 흔한 편이 아니기도 했고."

"그래서 내 손에 회귀대법서가 들어오도록 안배를 했다는 건가?"

"그렇다."

현월은 주변이 어지럽게 흔들리는 듯한 기분이었다. 마치 지진이 일어나 군웅전을 뿌리째 뒤흔드는 것만 같은 느낌이었다.

'내 모든 행동이… 그저 저자의 손아귀 안에서 놀아난 결과물일 뿐이라고?'

게다가 제갈철의 말대로라면 현월은 그와 마찬가지로 이 시간의 굴레 안에 갇히게 된 셈이었다.

무한회귀라는 이름의 무간지옥에.

현월은 주먹을 꾹 쥔 채로 힘겹게 물었다.

"그래서… 나 또한 당신과 같은 꼴을 당하게 되리라는 건가?"

"그렇다. 하지만 네 눈빛을 보아하니 믿지 않는 눈치로군."

"그런 말을 아무런 의심 없이 곧이곧대로 받아들이는 게

더 이상한 것 아닐까?'

그때 소천호가 성큼 앞으로 나섰다.

"그런 것 따위는 아무래도 좋아. 네놈이 몇 번이고 죽었다 깨어나는 괴물이든 그냥 과대망상에 빠진 미치광이든 알 바 아니야. 내 목적은 오직 하나뿐이니까."

스스스스.

무형의 살기가 소천호의 몸 위로 아지랑이처럼 피어올랐다.

"네놈, 무림맹주 남궁월의 죽음. 단지 그뿐이다."

"후, 하여간 네놈은 언제나 똑같군. 눈앞의 진실을 볼 줄 모른 채 시시콜콜하게 군단 말이지."

"닥쳐! 나를 잘 안다는 투로 지껄이지 마라!"

"하지만 그게 진실인 걸 어쩌겠는가? 나는 아마도 네 스승 인 철극심보다도, 아니, 너를 직접 낳아준 부모보다도 너에 대해 잘 알고 있을 것이다."

"개소리!"

소천호의 목소리가 파르르 떨렸다.

그것이 분노 때문인지, 아니면 당황 때문인지는 알 수가 없었다.

제갈철은 담담한 태도로 말을 이었다.

"나는 너를 둘러싼 모든 사태의 진실을 꿰고 있지. 예컨대 누가 심유화를 죽였을까 하는 것 말이야."

덜컥!

현월의 몸이 크게 움찔했다.

그러나 지금의 그로서는 제갈철의 말을 제지할 수단이 전무했다.

소천호는 거의 짐승처럼 울부짖었다.

"유화를 죽인 것은 네놈들, 무림맹 놈들이잖나!"

"아니, 무림맹은 그녀를 죽이지 않았다."

제갈철의 미소가 한층 짙어졌다. 그의 번들거리는 시선이 현월의 얼굴로 향했다. 소천호의 시선 또한 자연히 그것을 뒤쫓았다.

"뭐… 야?"

"심유화를 죽인 것은 흑련이라 불리는 계집. 그리고 그 계집은 암제, 현월과 손을 잡은 입장이지."

"…, ……!"

"패도무한공을 대성한 백진설은 혈교제일존 화무백과 결전을 치르고자 했다. 부궁주인 심유화는 그를 따라 중원에 들어섰지. 백진설과 화무백, 두 사람은 처절한 사투를 벌였고 백진설이 마침내 승리했다. 하지만 그러한 백진설을 기습한 자가 존재했지."

"설마……!"

"그렇지 않은가, 현월?"

제갈철의 어조는 놀라울 정도로 부드러웠다. 그리고 현월의 반응은 놀라울 정도로 딱딱했다. 소천호쯤 되는 고수가 그것을 감지하지 못할 리 없었다.

그 순간 소천호는 깨달았다. 남궁월의 말이 오롯이 사실이라는 것을.

"너─!"

소천호의 신형은 그 순간 폭풍으로 화했다.

생명의 위협을 느낀 현월이 반사적으로 기수식을 취했다. 제갈철은 한 걸음 떨어진 위치에서 즐거운 태도로 그 상황을 관조했다.

소천호는 강궁을 내던진 채 연신 권격을 몰아쳤다. 그의 신형은 한줄기의 노도처럼 현월을 몰아붙였다.

카가가가각!

강기를 잔뜩 머금은 권장지각이 상상할 수 있는 거의 모든 형태와 궤도를 그리며 현월의 신형을 두들겼다. 현월은 수세에 몰린 채 가까스로 소천호의 강기를 막아낼 수 있을 따름이었다.

'강하다……!'

활을 사용하기에 근접전이나 박투술은 비교적 미흡하지 않을까 싶었는데 착각이었다.

오히려 소천호는 이쪽이 익숙하다는 듯 매서운 기세로 현월을 몰아붙였다.

백진설과 비교해도 그다지 밀릴 게 없는 무위.

아니, 지금의 맹렬한 기세를 감안한다면 그마저 뛰어넘고 있는 게 아닐까 싶었다.

쿠웅!

묵직한 일권에 현월의 몸이 주르륵 밀려났다. 두 발끝이 마룻바닥에 기다란 균열을 만들었다.

소천호는 앞서와 달리 연격을 몰아치지 않았다. 대신 살기 어린 시선을 현월에게 고정한 채 건조하게 질문할 따름이었다.

"놈의 말이 사실이냐?"

"⋯⋯."

현월은 대답할 수가 없었다. 제갈철의 말이 너무나 확연한 진실이었기에.

얼버무린다거나 거짓말로 둘러댄다는 선택지는 떠오르지 않았다. 애초에 현월은 거짓말과 연기에는 익숙하지 않은 성격이었으니까.

지금의 소천호를 속여 넘긴다는 것은 현월로선 불가능한 일이었다.

소천호가 피식 웃었다.

"놈의 말이 사실이로군."

"⋯⋯."

"네놈이었어. 나는 멍청하게도 그것도 모른 채 네가 힘을 빌려줄 거라 생각하며 고마움을 느꼈지. 그런 나를 네놈은 속으로 병신이라 생각하고 있었겠지?"

"그건……."

"닥쳐라!"

씹어뱉듯 일갈한 소천호가 재차 신형을 날렸다.

"넌 그저 내 손에 죽기만 하면 되는 거야!"

쾅!

소천호의 강격이 현월의 신형을 후려쳤다.

현월의 두 다리가 허공에 붕 떴다. 가까스로 양팔을 교차해 권격을 막기는 했으나 뼛속까지 뻐근해지는 격통이 온몸에 퍼졌다.

"크……!"

현월은 가까스로 침음을 삼켰다.

계속 두드려 맞기만 하다간 정말 목숨이 위험해질 판이다.

물론 제갈철이 현월 또한 무한회귀의 굴레에 갇혔노라고 말했지만 그게 진실인지 확인해 보기 위해 죽어줄 생각 따위는 없었다.

아직 현월은 그의 말을 온전히 믿지 않았다. 아니, 엄밀히 말하자면 자신이 제갈철과 같은 처지가 됐다는 것을 받아들일 수가 없었다.

그 사실을 받아들였다간 자신의 인생 자체가 무의미하고 가치 없는 것이 되어버리는 게 아닐까 싶었기에.

꾸욱.

현월은 두 발 끝에 힘을 주었다.

소천호에겐 미안한 얘기였지만 더 이상 그에게 휘둘려 줄 생각은 없었다.

"죽어!"

맹렬한 기세로 상체를 반전시킨 소천호가 팔꿈치로 현월의 인중을 후렸다.

현월은 전력으로 상체를 젖혀서 팔꿈치를 피하고는 오른발로 그의 겨드랑이를 올려 찼다. 부지불식간에 급소를 가격당한 소천호가 흠칫 놀라 물러났다.

"큭?"

"미안하지만 네게 죽어줄 생각은 없다."

짤막히 선언한 현월이 공세로 전환했다.

소천호는 방어로 돌아서는 대신 이를 악물고서 신형을 가속했다.

"넌 여기서 죽을 것이다!"

두 사람의 신형이 무서운 기세로 충돌했다. 마치 거대한 성문조차 분쇄해 버리는 충차 두 개가 서로를 향해 돌진하는 것만 같은 기세였다.

쾅!

둘의 신형이 겹친다 싶은 순간 무지막지한 기세의 충격파가 터져 나왔다.

콰드드드드!

장내의 마룻바닥이 마치 감자 껍질 벗겨지듯 뜯겨져 나갔다.

살기와 투기가 미칠 듯이 어우러지는 가운데 제갈철은 나직하게 회심의 미소를 짓고 있었다.

폭발의 중심에서 현월의 신형이 밀려 나왔다.

그의 왼쪽 어깻죽지에서 선혈이 튀었다. 척 봐도 상당한 중상으로 보이는 찰상. 흘러내리는 피가 이미 그의 상의를 반쯤 적신 상태였다.

소천호 또한 무사하진 못했다.

비틀거리며 물러나는 그의 복부는 피로 인해 시커멓게 물들어 있었다.

서로가 서로에게 치명타를 입힌 상황.

"그렇더라도 유리한 쪽은 암제겠지만 말이지."

제갈철의 말마따나 현월의 상처는 이미 회복되기 시작했다.

암천비류공의 공능에 의해 어둠이 그의 자가 회복력을 극대화시키고 있는 것이었다.

피 섞인 침을 퉤 뱉은 소천호가 복부 근처의 혈을 짚었다.

일시적으로 출혈을 막은 그가 자세를 바로 했다.

"네놈만큼은 반드시……!"

"죽이겠다는 거겠지? 좋은 자세로군."

제갈철의 목소리에 소천호의 눈에서 불꽃이 튀었다.

"……!"

"하지만 좋은 자세만으로는 큰일을 해낼 수 없는 법이지. 지금 네게 필요한 것은 보다 넓은 안목이 아닐까 싶은데."

소천호의 시선이 제갈철에게로 향했다. 그를 노려보는 눈빛도 그다지 곱지는 않았다.

"진실을 알려줬다고 해서 내가 네놈의 편이 됐다고 생각하지는 마라. 내게 있어선 놈이나 너나 똑같이 역겨운 것들이니까."

"패기 하나만큼은 참으로 대단하군. 그게 아니면 목숨보다 소중한 여인을 잃은 까닭에 모든 것을 포기해 버린 건가?"

"닥쳐라!"

제갈철은 닥치는 대신 나직이 웃었다.

"나라면 그녀를 다시 만나게 해줄 수 있다."

"……"

소천호는 입을 꾹 악문 채 제갈철을 노려봤다.

그가 말하는 바가 무엇인지는 구태여 짐작할 필요조차 없었다.

"나 또한 네놈이 말하는 역천자인지 뭔지가 되라는 건가? 그 악몽 같은 굴레에 빠지면 유화를 다시 만날 수 있으니까?"

"그렇다."

"하!"

소천호는 신경질적인 웃음을 뱉었다. 제갈철을 바라보는 그의 시선엔 숨길 수 없는 경멸이 가득했다.

"네놈의 말이 옳은지는 차치하고서라도 그 회귀의 굴레가 대단한 은혜라도 되는 양 구는 모습이 역겹기 그지없군. 네놈의 입으로도 이미 말하지 않았던가? 그건 축복이 아니라 저주라고!"

"……."

내내 여유롭던 제갈철의 표정이 처음으로 딱딱하게 굳었다.

그 변화를 깨달은 소천호의 냉소가 한층 진해졌다.

"유화를 다시 만날 수 있다고? 그래서? 그렇게 되면 모든 게 해결될 거라 생각하나? 당장은 좋겠지. 그 미소를 다시 볼 수 있을 테니까. 하지만 그다음엔? 수백, 수천, 수만 번이나 반복되는 그녀의 모습을 계속 지켜보는 것이 행복일 것 같나?"

"……."

"언젠가는 그녀의 미소를 지겨워하게 될지도 모르지. 언젠가는 그녀를 더는 보고 싶지 않다고 생각하게 될지도 모르지. 그렇게 될지도 모르는 제안을 받아들이는 게 뭐가 좋은 일이란 말이지?"

소천호는 차가운 눈으로 말을 이었다.

"화무십일홍(花無十日紅)이라던가? 꽃은 언젠가 시들고 모든 것은 반드시 쇠하는 때가 온다고들 하지. 하지만 그렇기에, 언젠가 시드는 꽃이기에 그 아름다움이 가치가 있는 것이다."

그의 얼굴에 처음으로 증오나 경멸이 아닌 아련함이 스쳤다.

"나는 다시는 유화와 만날 수 없다. 그렇기에… 그녀를 곁에 두었던 과거가 아름다울 수 있는 것이다."

"이제 보니 나이 어린 것들이나 지껄일 법한 헛소리나 나불거리는 놈이었군."

제갈철의 목소리가 눈에 띄게 냉랭해져 있었다. 그 변화를 느끼며 소천호는 약간이지만 쾌감을 느꼈다.

"왜, 네놈의 그 잘난 회귀 장난으로도 미처 알아내지 못한 부분이었던 모양이지?"

"그렇다. 이렇게까지 너와 떠들어본 기회는 얼마 없었지. 이렇게 멍청한 놈인 줄은 미처 몰랐는데."

"내가 아무리 멍청하다 한들 스스로 무간지옥에 빠져 버린 네놈만 할까?"

"……!"

제갈철의 신형이 돌연 흐릿해졌다. 흠칫 놀란 소천호가 방어 자세를 취한 순간, 제갈철은 그가 미처 반응하지 못할 사각으로부터 쇄도해 들어갔다.

지극히 짧은 찰나의 순간.

제갈철의 주먹이 소천호의 옆구리를 후렸다.

쾅!

무지막지한 경력의 폭발!

소천호의 신형이 지표를 뚫고 나온 용암 줄기처럼 위로 솟구쳤다. 단순히 권격을 아래에서 위로 비스듬히 올려치는 것만으로도 소천호의 육체를 허공으로 날려 버릴 정도의 위력.

소천호의 신형은 천장에 반쯤 틀어박혔다. 온몸의 뼈가 부서진 듯한 격통에 소천호가 신음을 흘리는 찰나, 잇따라 신형을 띄운 제갈철이 그에게로 날아들어서는 목을 움켜쥐었다.

그리고 그대로 바닥을 향해 내리꽂았다.

콰앙!

소천호의 신형은 칠 층의 바닥을 뚫고서 육 층 바닥에 틀어박혔다.

"크악!"

뒤늦은 신음성이 터져 나왔다.

그 모든 게 현월조차 미처 반응하지 못할 만큼 짧은 순간에 이루어졌다.

제갈철이 현월을 힐끔 돌아봤다. 그의 얼굴엔 다시 미소가 돌아와 있었다.

"내가 그만 칠칠맞게도 이성을 잃었군. 저런 버러지를 상대로 흥분할 것까지는 없었는데 말이야."

"……."

"혹여나 기습 따위를 할 생각이라면 집어치우는 게 좋아. 하긴 그런 게 통할 수준이 아니라는 것쯤은 네가 더 잘 알고 있을 테지만."

제갈철이 바닥에 뚫린 구멍을 통해 육 층으로 내려섰다. 그 사이 소천호는 용케도 몸을 일으킨 상태였다. 그러나 그것은 아무리 봐도 허세에 불과했다.

제갈철의 공격으로 생겨난 상처에 더하여 앞서 현월에 의해 생겨난 상처까지 재차 터져 그의 온몸을 피투성이로 만들고 있었다.

"허억. 허억……."

호흡 또한 불안정하기 짝이 없는 상태.

그냥 내버려 두어도 잠시 후에 시체로 변해 있을 것만 같은 모습이었다.

그러나 눈빛만큼은 여전히 생기를 머금고 있었다. 어느 모로 봐도 압도적인 위치에 있는 제갈철의 심기를 거스르는 것은 그 눈빛이 유일했다.

"마음에 안 드는 눈이로군. 그대로 뽑아버리면 그따위로 노려보지도 못할 테지만 말이야."

"해볼 테면 해봐라."

나직이 대꾸하는 소천호의 태도는 실로 결연했다. 그의 머릿속엔 오로지 한 가지 의지, 제갈철을 죽인다는 것만이 가득한 듯했다.

"어리석은 것."

제갈철이 중얼거리는 사이 현월이 그를 따라 아래층으로 내려왔다.

"한 가지 물을 게 있다."

현월의 말에 제갈철은 픽 웃었다.

"우스운 말이로군. 네가 물으면 내가 대답해 줘야 한다고 생각하나?"

"내가 생각한 게 맞다면 당신은 한 가지 사실을 고의로 누락했다."

제갈철의 미소가 살짝 경직됐다.

"무슨 소리를 지껄이려는 것이지?"

그가 고개를 돌려 현월을 응시했다. 소천호를 향해선 완전히 무방비한 태도였으나, 이미 소천호에게는 반격할 기력조차 남지 않은 상태였다.

"만약 당신이 누군가에게 살해당한다고 치지. 그 순간 당신은 또다시 과거의 어느 지점에서 깨어난다. 내가 제대로 이해하고 있는 게 맞나?"

"그렇다."

"그럼 이 시간대는 어떻게 되는 거지?"

제갈철의 얼굴이 살짝 경직됐다. 이는 지극히 미묘한 표정 변화에 지나지 않았으나 현월은 그 미세한 변화를 놓치지 않았다.

"당신도 모르는 모양이군."

"……."

"내 추측을 말해볼까? 아마도 이 시간대의 존재들이 당신의 죽음에 맞춰 변하거나 사라지진 않을 거야. 다시 말해 당신이 사라진다고 해서 남겨진 자들에게 큰 문제가 생기진 않으리란 뜻이지."

"…그래서 하고 싶은 말이 뭐지?"

현월은 시선을 살짝 움직여 제갈철의 건너편을 바라봤다. 피 웅덩이 속에 고꾸라져 있는 소천호의 모습이 보였다.

"난 혈교를 없앨 것이다. 그리고… 당신 또한 없애고 말겠다."

츳.

뱀이 혀를 날름거리는 듯한 소리가 제갈철의 잇새에서 났다.

"결국 내린 결론이 고작 그따위 것이란 말이냐? 내가 혀가 닳도록 설명해 줬을 텐데? 네가 겪게 될 이 인생은 허상에 불과하다고 말이다."

"상관없어."

"애초에 네가 나를 죽이는 것조차 가당찮은 일이겠지만 설령 내가 죽는다 해도 변하는 것은 없다. 네 수명이 다하고 난 후 눈앞에 펼쳐지는 것은 과거의 전경이겠지. 그것은 끝도 없이 반복될 것이다. 그 무한대의 반복 속에서… 과연 지금의 네놈이 다지고 있는 결의 따위가 의미가 있으리라 보느냐?"

"훗날의 일 따윈 생각하지 않을 것이다. 지금의 난 눈앞의 상황에 대적하는 것만으로도 벅차니까."

나직이 대꾸한 현월이 말을 이었다.

"지금의 내가 아는 것은 당신이 너무나 위험한 존재라는 것뿐이다. 무림에 있어서도, 세상에 있어서도."

"멍청한……!"

"그러니 없앤다. 다만 그뿐이야. 그 외의 이유 따위는 없어."

제갈철은 으득 소리가 나도록 이를 악물었다. 그러나 이내 그의 입가는 비릿한 웃음을 그렸다.

"뭐, 상관없겠지. 네깟 것이 뭐라 떠들든 말이야. 어차피 네놈은 나를 해치지 못한다. 나와 네놈 간의 격차는 압도적이니까."

"……"

"나를 없애겠다고? 꿈같은 소리 집어치워라. 지금의 내가 마음만 먹는다면 네놈은 물론이요, 현검문 따위의 벌레만 한 방파 또한 단번에 짓밟아 버리는 것이 가능하다! 나아가 여남 전체를 피로 물들이는 것 역시!"

"아니."

현월은 한마디로 단언했다.

"당신은 그러지 못해."

"못한다고? 이 내가?"

"그래, 내가 여기서 당신을 죽일 거니까."

10장

도주

　천하제일인을 죽인다.

　그 개념을 머릿속에 떠올리는 것만으로도 온몸의 피가 역류하는 것만 같았다.

　그 역류의 절반은 무시무시한 공포 때문.

　나머지 절반은 기대감 때문이었다.

　아무리 강대한 존재라 한들 결국은 한 사람의 인간. 살점과 피와 뼈와 내장으로 이루어진 생물에 불과하다.

　그렇기에 죽일 수 있다.

　무슨 수를 쓰더라도 죽일 수 없는 인간 따위는 세상에 존재하지 않았다.

'하지만 어떻게?'

그 순간 현월의 머릿속은 지금까지의 그 어느 때와도 비교할 수 없을 만큼 빠르게 회전하고 있었다.

현월은 지금껏 수없이 많은 살행을 경험했다.

어떤 때엔 목숨을 잃을 뻔도 했고 어떤 때엔 지독한 중상을 입어 반년 가까이 병상에 누워만 있어야 하기도 했다.

그 경험 하나하나가 피가 되고 살이 되어 현월의 몸에 분명히 각인되어 있었다.

물론 수십 번의 생을 반복했다는 제갈철에 비할 수는 없으리라.

하지만 현월은 오히려 그 점에서 제갈철을 제거할 가능성이 있을 거라고 생각했다.

'놈은 너무나 강대하다.'

그리고 그렇기에… 실로 오랜 기간 약자의 입장에 서보았던 적이 없었다. 아마도 수십 번의 생이 거듭될 정도의 긴 시간 동안.

그 시간을 일렬로 죽 늘어놓는다면 수백에서 수천 년에 이르지 않을까?

제갈철은 자신이 모든 것에 통달했노라고 잘난 듯 떠들어댔다.

그러나 인간은 망각의 동물. 오랫동안 몸에 익지 않은 것은 빠르게 잊혀지고 망각의 바다 저편으로 사라져 버리는 법이다.

앞서 소천호의 반응에 제갈철이 당황하는 것을 보고 현월은 이를 확신했다.

'수백, 수천 년 동안 절대자의 입장에 서보았던 존재. 게다가 죽음은 놈에게 있어 그 어떤 위협도 되지 못한다.'

만약 칼에 베이거나 불에 타더라도 고통을 느끼지 못하는 인간이 있다면 어떨까? 그가 무적의 존재나 우월한 무언가가 될 거라고 생각한다면 그건 너무 안이하고 순진한 생각이다.

통증을 느끼지 못하는 자는 그만큼 위험에 둔감하다. 때문에 상해를 입거나 목숨이 위험해질 가능성은 급격히 높아진다.

현월이 본 제갈철은 통증을 느끼지 못하는 인간과 같았다.

죽음에 대한 공포를 흔히들 겁쟁이의 전유물이라고 생각하지만 기실 공포라는 감정이야말로 한 사람의 목숨을 보전해 주는 방어기제와 같았다.

그것이 결여된 제갈철은 필수적으로 허점투성이일 수밖에 없었다.

다만 너무나 압도적인 힘과 속도를 지녔기에 그것을 잡는 것이 극도로 어려울 따름.

그렇기에 현월로서는 암천비류공의 모든 공능을 개방할

수밖에 없는 것이었다.

'죽인다.'

현월은 각오를 다졌다.

그 순간 제갈철은 현월을 감싸고 있는 기류가 미묘하게 변했음을 느꼈다.

"네놈이 정녕……!"

그는 분노하는 동시에 당황했다.

이 또한 소천호의 반응과 마찬가지로 그의 예상을 뛰어넘은 것이었기 때문이다.

사실 그는 한 가지 중요한 사실을 현월에게 말해주지 않았다. 때문에 앞서 현월이 진실을 누락했노라고 말했을 때 그는 내심 가슴 한편이 서늘해지는 기분이었다.

그 진실이란 실로 단순했다.

'회귀대법의 굴레에 속하게 된 자들이 서로를 죽이게 되면 그들을 둘러싼 무한회귀의 술법이 깨어지게 된다.'

다시 말해 이 지긋지긋한 삶의 굴레가 끊어진다는 것.

다시는 죽음 이후에 찾아올 과거를 두려워하지 않아도 된다.

더는 지긋지긋한 삶의 반복에 미칠 것 같은 기분을 느끼지 않아도 된다.

오히려 죽음은 그가 바라마지 않는 것이기도 했다.

현월의 칼날 앞에 가슴을 내밀면 된다. 고통은 찰나일 뿐.

그 후에는 진정한 최후가 찾아올 것이다. 어둠과 냉기, 그 뒤로 이어지는 끝없는 무(無)의 경계가 제갈철을 환영할 것이다.

하지만 제갈철은 그것을 받아들일 수가 없었다.

'나는……!'

죽고 싶은 갈망만큼이나 거대한 삶에 대한 열망이 제갈철을 뒤흔들고 있었다. 지겹다 못해 저주스러울 정도의 삶이건만 그는 차마 죽음이라는 방편을 쉬이 받아들일 수가 없었다.

두 종류의 갈구가 그의 몸속에서 충돌했다.

결과적으로 제갈철은 이러지도 저러지도 못한 채 경직되어 버렸다.

현월은 그 거대한 틈을 놓치지 않았다.

쉬릭!

그의 신형은 이제 어둠에 반쯤 파묻혀 있었다. 암천비류공의 성취가 구 성을 넘김으로써 발현된 경지인 반암혼계(半暗混界)의 영역.

지금의 현월의 절반은 피육(皮肉)이었으나 나머지 절반은 완연한 어둠이었다.

어둠과 동화된 현월의 주먹이 제갈철을 격했다.

쿠웅!

정면의 어둠이 한데 휘몰아치는 듯한 공격. 피하거나 막을 도리가 없는 일격이 제갈철을 후려쳤다. 물론 그의 호신강기를 파훼하지는 못했지만 강기의 벽을 넘어 일정량의 타격을 가하는 데엔 성공했다.

결과적으로 제갈철은 주먹을 살짝 맞은 것과 비슷한 수준의 통증을 느꼈다.

치명타는커녕 유효타라고도 하기 힘든, 그러나 분명한 일격.

천하제일인의 자존심을 긁기에는 충분했다.

"쓰레기 따위가!"

콰과과광!

강렬한 경력의 파장이 군웅전 육 층 내부로 몰아쳤다. 제갈철은 그저 막대한 내력을 발산하는 것만으로도 육 층 전체를 뒤흔들어 놓았고 그 파장은 어둠과 동화되어 있는 현월에게도 충분히 전달되었다.

"큭."

배 속으로부터 울혈이 왈칵 치솟았다. 현월은 급히 내부를 다스리려 했지만 검붉은 피가 목구멍으로 치솟아 나오는 것을 막지는 못했다.

쿠구구구궁.

군웅전이 거세게 흔들렸다. 과연 천하제일인이랄까. 제갈철의 내력은 성채에 버금가는 거대한 건물을 갈대라도 되는 양 마구 흔들어댔다.

"고사리 같은 손으로 쏟아지는 해일을 퍼내려느냐. 네놈과

나의 격차는 너무나 분명하다!"

일갈을 토하며 재차 경력을 발하는 제갈철.

현월은 전심전력을 방어에만 쏟아내어 겨우 그 파장을 흘려낼 수 있었다.

반면 이미 반죽음 상태에 몰려 있던 소천호는 제갈철의 경력을 견뎌내지 못했다.

현월은 그의 숨이 완전히 끊어졌음을 확인하고는 내심 쓴맛을 느꼈다.

'미안하다.'

마음속으로나마 소천호에게 사과했다.

그리고 그가 내세에서라도 심유화와 함께할 수 있기를 기원했다.

그와 별개로 제갈철은 연신 현월을 몰아붙이고 있었다.

몰아붙인다 하여 적극적으로 공세를 편다는 것은 아니었다.

그는 그저 경력을 연신 사방으로 발하고 있을 따름이었다. 문제는 그것만으로도 현월에게 유효타를 먹이기에 충분하다는 것이었지만.

강렬한 기운이 드넓은 육 층의 공간 전체를 물들인다. 모든 공간을 점하고 있기에 달아날 곳도, 피할 길도 없다. 택할 수 있는 것은 그저 호신강기를 최대한 끌어올려 방어하는 것뿐.

그럼에도 현월은 충격파가 터져 나올 때마다 온몸이 으스러지는 느낌에 전율했다.

그나마 버틸 수 있는 것은 충격파가 공간 전체로 퍼지고 있는 덕이었다. 제갈철이 그 경력을 한 지점에 집중시켜 현월을 타격했다면 현월로서는 단 일격도 버텨내지 못했을 것이다.

'죽일 수 있을지도 모른다는 것은 내 착각에 불과했던가?'

현월은 미약하게 남아 있던 자신감이 산산이 깨어지는 기분이었다.

어쩌면 여기서 죽게 될지도 모른다.

제갈철은 닭 모가지 비틀 듯 현월의 숨통을 틀어버릴 수 있을 것이다.

그렇게 된다면 그 이후는?

정말 제갈철의 말대로일지, 또다시 과거의 무림맹에서 눈을 뜨게 되는 것인지 궁금했다.

그러고 보면 처음 회귀대법을 펼쳤을 때의 현월은 패망해 가던 무림맹에서 유설태의 수하들에 의해 죽음을 맞았었다.

'다시 또 그렇게 된다면……'

제갈철이 했던 것처럼 하면 되지 않을까? 수없이 죽음을 반복하면서 어떻게든 강해지는 방향을 찾아내어 복수하면 되지 않을까?

이어지는 상념이 현월의 감각을 무디게 만들었다. 죽음에 대한 긴장감이 사라지자 잊고 있던 상처들의 격통이 부활했다.

그 모든 것이 현월을 보이지 않는 벼랑 끝으로 밀어내는 느낌이었다.

그냥 포기하고 죽음을 받아들이라고. 그러면 편해질 수 있다고.

'아니!'

현월은 거세게 고개를 저었다. 그리고 약해지는 자신의 마음을 한껏 질책했다.

'죽는다고 해서 꼭 놈의 말대로 될 거라는 보장은 없다. 게다가… 그것을 이유로 지금의 삶을 내버린다는 것은 비겁한 짓이다.'

현월이 회귀함으로써 모든 것이 바뀌었다. 지금까지는 단순히 그렇게만 생각해 왔다.

하지만 제갈철의 존재로 인해 그 생각에 변화가 생겼다.

'내가 그대로 죽어버린 세계. 유설태에 의해 무림맹이 멸망해 버린 세계는 내가 회귀함으로써 그냥 사라져 버린 것일까?'

지금까진 그렇다고만 생각했다.

아니, 그보다는 딱히 심각하게 생각해 본 적이 없다는 것이 옳은 표현일 터였다.

하지만 제갈철과 마주함으로써 현월은 처음으로 이 사안에 대해 심각하게 고민하게 됐다.

'내가 죽어 회귀하게 된다고 쳐도 지금 이 세상은 그것과 무관하게 계속 존재하는 것이 아닐까?

그 이후를 상상하는 것은 어렵지 않았다.

암제가 사라져 버린 암월방은 궤멸할 테고 현검문 또한 시시각각 다가오는 주변의 음모로부터 안전할 수 없을 것이다.

현월은 그렇게 되게끔 내버려 둘 수 없었다.

쿠구구구!

군웅전이 거세게 흔들렸다. 지금까지의 진동과는 사뭇 다른 느낌. 근간부터가 송두리째 뒤흔들리는 듯한 느낌이었다.

그와 함께 아래층의 계단으로부터 새어 나오는 매캐한 연기.

'화공!'

앞서 소천호가 실어놓은 불길이 군웅전을 뿌리째 불사르고 있는 모양이었다.

"쳇."

제갈철이 나직이 혀를 찼다.

그는 노도와 같던 공세를 잠시 멈추고는 현월이 녹아들어 있는 어둠을 향해 말했다.

"네놈의 목을 비트는 것쯤은 종이를 찢는 것보다도 간단한 일이다. 그건 누구보다도 네놈이 여실히 느끼고 있을 테지?"

"……."

"네놈에게 마지막으로 기회를 주마. 내게 대적하겠다는 헛된 희망 따위는 버려라. 지금이라도 저항을 포기하고 내게 복종해라. 그러면 네놈에게 진정한 초월자의 세계를 열어주겠다."

짧은 침묵이 두 사람 사이로 흘렀다.

현월이 침묵을 깼다.

"왜 보다 어려운 길을 택하려는 거지? 지금까지 당신이 말한 대로라면… 그냥 여기서 날 죽이고 다음 회귀 때 보다 나은 방식으로 설득하면 그만 아닌가?"

은인의 형태로 접근해도 될 테고 그 외의 방법을 택해도 될 터였다. 어느 것이 되었든 간에 지금의 상황보다는 나을 터였다.

그 말에 제갈철이 나직이 혀를 찼다.

"어차피 네놈도 언젠가는 알게 될 테니 지금 말해주지. 역천자가 역천자를 죽일 경우엔 회귀대법의 술법이 깨지게 된다. 다시 말해 여기서 내게 죽는다면 네놈의 생은 그대로 끝이라는 거다."

"……!"

현월의 눈빛이 흔들렸다.

그것을 의지의 좌절로 해석한 제갈철이 비릿한 웃음을 흘렸다.

"이제 이해했을 테지? 네놈에게 선택지 따위는 없다. 여기서 내게 죽는다면 네놈의 모든 것은 거기서 끝난다는 뜻이다.

다음번 따위는 없어. 너는 그대로 죽을 테고 네가 소중히 여겼던 모든 것은 재로 돌아가겠지."

장내에 붉은 빛이 넘실거리기 시작했다.

아래층으로부터 시작된 화마가 기어코 이곳까지 치솟아 올라온 것이었다.

어둠에 동화되었던 현월의 모습이 다시금 나타났다.

그것을 본 제갈철의 미소가 한층 짙어졌다.

"이제는 어둠에 숨어 숨바꼭질을 하는 것도 불가능하게 됐다. 지금까진 그럭저럭 버텨왔다만 이제 남은 길은 아무것도 없는 것이다."

"……."

"네놈에게 있어선 마지막 기회다. 어찌할 테냐? 그냥 여기서 개죽음을 당할 것이냐, 아니면 나와 함께 절대자의 길을 걸을 것이냐?"

"내가……."

현월은 말끝을 흐렸다.

그의 날 선 시선이 제갈철의 발밑과 주변을 빠르게 훑었다.

오랜 경험은 제갈철로 하여금 그게 패배를 인정하는 자의 눈빛이 아님을 가르쳐 주었다.

"…회귀대법을 펼쳤던 날, 나 역시 당신과 같은 심정이었다. 회귀대법이란 게 축복인 줄 알았지. 하지만 당신의 이야기를 들고 보니… 역시 이건 축복이 아니었던 모양이군."

"기어코 죽음을 택하겠다는 것이냐."

"아니, 죽음이 아니다."

현월의 양 어깻죽지로부터 흑색 강기가 폭사되었다.

"살기 위해 몸부림치는 거지."

"어리석은!"

제갈철의 신형이 거의 반사적으로 튀어 올랐다. 현월의 눈빛을 가늠해 그가 자신의 발목 쪽을 노리리란 것을 파악한 것이었다.

그러나 현월이 노린 것은 제갈철의 발목이 아니었다. 그보다 아래에 있는 것이지.

좌르르륵!

채찍처럼 뿜어져 나오는 강기.

암령편타(暗靈鞭打)의 수법이 군웅전 육 층의 바닥을 후려쳤다.

제갈철만큼은 아니더라도 현월의 내공 역시 인간의 영역을 초월한 수준이었고 비록 화염으로 인해 어둠이 다소 흩어졌다고는 하나 여전히 암천비류공의 공능을 강화하기에 부족함이 없는 수준이었다.

그 두 가지 요인이 한데 엮여 암령편타의 강기는 아래층들을 받치는 거의 모든 기둥들에 영향을 미쳤다.

콰과과과!

흑색 강풍이 무자비하게 몰아쳤다.

불붙은 야생마처럼 날뛰는 기운을 억제하거나 상쇄시킬 수단이나 무인은 존재하지 않았다. 제갈철이 아차 하는 사이에 암령편타의 강기는 군웅전 내부를 걸레짝으로 만들어놓았다.

그리고 거기에 더하여 하층부의 화재까지 더해져 군웅전이란 건물을 지탱하는 균형 자체가 붕괴되었다.

끼이이이……!

칠 층 높이와 더불어 어지간한 저택 서너 채가 들어갈 수준의 넓이를 지닌 거대한 건물, 군웅전 전체가 한쪽 방향으로 기울어지기 시작했다.

현월은 그것을 확인하자마자 바깥으로 신형을 날렸다.

"달아날 셈이냐!"

제갈철이 곧장 따라붙으려 했다. 그러나 현월은 간발의 차이로 먼저 창밖으로 빠져나갔고 그 순간 어둠에 동화되어 연기처럼 흩어졌다.

그 잠행술과 경신술은 천하제일인인 제갈철조차 놀랄 지경이었다.

'이러니저러니 해도 암황의 후예라는 건가?'

콰과과과과!

군웅전은 삼 층 부분이 분질러져 그 윗부분이 그대로 추락해 다른 건물들과 충돌했다.

삼 층 아래의 층들은 이미 화재로 인해 전소되다시피 한 상황이었다.

추락한 윗부분으로 인해 난장판이 벌어졌다. 마치 산사태가 무림맹 본부 위로 작렬한 것처럼 건물들이 짓눌리고 휩쓸리고 쪼개지고 분쇄되어 나갔다.

"젠장."

그 광경을 돌아보며 제갈철은 혀를 찼다.

본부 자체만 놓고 보자면 거의 궤멸적인 타격을 당한 것이나 다름없었다.

소천호가 여기저기에 화마를 풀어놓은 데다 현월로 인해 군웅전까지 완전히 박살이 나고 말았다.

혈교의 병력에 점령당했다 하더라도 이런 처참한 꼴을 보이지는 않았을 것이다.

그는 십 장 가까운 높이에서 아래를 내려다봤다. 폐허로부터 풀썩 솟아오르는 연기가 시야를 대부분 가리고 있었다.

그 너머로부터 무인들의 비명과 고함 소리가 연신 터져 나왔다.

"맹주님을 찾아라!"

"맹주께서 안에 계신다!"

무의식중에 곧장 내려가 살아 있음을 알리려던 제갈철은,

그러나 잠시 주춤했다.

　이렇게 되고 나니 귀찮다는 게 그의 솔직한 심정이었다. 어차피 그가 무림맹주 남궁월의 행세를 했던 것은 그게 가장 편하게 지내는 길이기 때문이었다.

　지금까진 신경 쓸 것도 그리 많지 않았던 데다 무림이 돌아가는 상황을 가장 편하게 관조할 수 있었다.

　"하지만 이젠 아니로군."

　본부가 이 꼴이 되었는데 그 후폭풍이 잠잠할 리가 없다. 이런 마당에 맹주로서 나섰다간 한동안 골치 아파질 것임이 분명했다.

　그는 그렇게 되는 것이 귀찮았다. 조금만 수틀려도 회귀해버리면 그만이었던 지금까지의 경험이 그의 성격 자체를 바꿔놓은 것이다.

　이 모든 것은 그에게 장난이나 유희 이상의 의미를 주지 못했다.

　그 어떤 최악의 상황을 대면하더라도 회귀해 버리면 모든 게 원상 복구가 되어버리니 구태여 노력을 할 필요가 없는 것이다.

　이번 일 또한 마찬가지.

　박살 난 집단을 수습하는 일 따위는 지루하기만 한 일이니 구태여 나설 필요가 없었다.

'하지만……'

지금까지와 달리 마냥 회귀해 버리기도 애매한 상황이었다.

반복되는 인생을 살던 도중 상황이 꼬이거나 수습 불가능해질 때마다 그는 자살을 택했었다.

어차피 죽어 봐야 과거의 시점에서 다시 살아날 게 뻔했기 때문이다.

하지만 이번엔 조금 달랐다.

지금까지와는 달리 그만이 유일한 역천자가 아니었다.

그렇기에 함부로 자살할 수는 없었다.

그가 자살한 이후의 시점에 현월이 무슨 수작을 벌일지 알 수 없었기에.

'놈이 만약 회귀대법에 대해 연구하게 된다면……!'

지난번 인생 때 그는 회귀대법서를 무림맹 내에 놓아두었었다. 현월을 회귀의 굴레 속으로 밀어 넣기 위함이었다. 그러나 이번 인생에서는 그러지 않았다.

한마디로 회귀대법서는 지금 혈교의 비고 안에 있다는 뜻이었다.

그가 죽은 이후… 만에 하나 현월이 대법서를 찾아내어 취하기라도 한다면, 그리고 그 안에서 회귀의 굴레를 깨뜨릴 비전이라도 일아낸다면?

제갈철은 손 한번 쓰지 못한 채 가만히 앉아 당하고 마는 것이었다.

그렇게 되게끔 둘 수는 없었다. 이미 수백 번이나 반복한 탓에 지긋지긋해진 인생이었지만 그렇더라도 죽고 싶지는 않다는 게 솔직한 심정이었다.

잠시 고민하던 제갈철은 결론을 내렸다.

"무림맹주는 죽었다. 오늘, 이 자리에서."

그는 무림맹에서 손을 떼기로 했다.

어차피 소천호의 습격으로 인해 무림맹은 치명타를 입은 직후. 여기에 더 남아 있는 것은 사서 고생하는 일밖에 되지 않았다.

"크크크."

제갈철은 비릿한 웃음을 흘렸다. 이렇게 되고 보니 도리어 잘됐다는 생각이 들었다.

예기치 못한 변수로 인해 지금까지의 반복된 삶과는 조금 다른 흐름이 만들어진 것이다.

그렇기에 제갈철은 현월을 곧바로 뒤쫓지는 않기로 결정했다.

지금 당장 여남으로 날아가 놈을 죽이고 가족들을 도륙하는 것은 너무나 쉬운 일이었다.

그래서는 제대로 된 재미를 본다고 할 수 없었다.

현월이 죽고 나면 지금까지와 같은 무료한 삶이 반복될 테니까.

게다가 현월을 설득한다는 선택지 또한 아직까지 유효했다.

어차피 그에게는 널린 것이 시간이었으니 말이다.

"달아난 네놈이 두려움에 벌벌 떠는 것을 멀리서 구경하는 것도 제법 재미있는 유희가 될지도 모르겠군."

나직이 중얼거린 제갈철의 신형이 한순간 사라졌다.

11장

결심

현월은 쉬지 않고 달렸다.

어둠에 동화된 그의 신형은 매 순간 십여 장의 허공을 격하며 빠르게 치달았다.

얼마나 시간이 흘렀을까?

분초를 다투며 내달린 그는 어느 순간 여남의 전경을 눈앞에 두고 있었다.

"……."

새벽이었다. 희미한 어스름을 뚫고서 갓 깨어난 햇살이 도시의 전경을 비추고 먼 곳으로부터 수탉이 홰치는 소리가 아런하게 들려왔다.

일견 평화롭기 그지없는 광경.

현월은 그제야 자신의 상태를 돌아볼 수 있었다.

흉곽은 거친 호흡을 토하며 위아래로 요동치고 있었다.

심장이 터져 나갈 것만 같았다. 이는 먼 거리를 달려왔기 때문만은 아니었다.

초인의 영역에 접어든 그가 수백 리 거리를 내달렸다고 해서 지칠 리는 없었으니까.

공포심이 그의 호흡을 가쁘게 만들고 있었다. 흑의를 적시고 있는 식은땀 또한 마찬가지일 터.

눈앞에 비치는 여남의 전경이 너무나 평화롭기에 더더욱 그런지도 몰랐다.

'놈이 쫓아올 것이다.'

그 생각이 현월의 머릿속을 엉망으로 들쑤셨다.

지금 당장 달아나야 한다.

식구들과 수하들, 그와 연을 맺고 있는 모두를 데리고 제갈철의 시야가 닿지 않는 곳으로 도망쳐야 한다. 그러지 않는다면, 놈이 이곳까지 오게 된다면 모든 게 끝장날 터……!

하지만 동시에 다른 생각 또한 고개를 쳐들었다.

'놈이 쫓아올까?'

정말로 제갈철이 추격을 택했다면 현월을 따라잡고도 남

지 않았을까 싶었다.

두 사람의 무공 수위는 그만큼의 격차를 보이는 것이 현실이었으니까.

제갈철의 무위라면 어둠에 묻힌 현월의 신형을 뒤쫓는 것까진 무리더라도 그를 앞질러 여남에 먼저 도달하는 것은 가능했을 것이다.

하지만 그의 모습은 보이지 않았다.

그게 의미하는 바가 과연 무엇일지 현월은 궁금했다.

"왜 그러고 있어요?"

"……!"

화들짝 놀란 현월이 고개를 홱 돌렸다. 그 반응에 말을 건넨 흑련이 한층 놀랐다.

"왜… 그래요?"

"아니……."

현월로선 대답할 말이 궁했다. 과연 이 상황을 어떻게 설명해야 할까. 설명한들 그녀나 다른 사람들이 이해할 수나 있을까.

할 수 없이 화제를 돌리는 수밖에 없었다.

"여기서 내내 기다리고 있었던 거야?"

"그럴 리가요. 일을 마치고 돌아가려던 차에 당신의 기운을 감지했어요."

"일?"

"알고 계시잖아요."

현월은 느릿하게 고개를 끄덕였다.

그러고 보니 흑련은 암제 대리로서 행동할 때의 복장을 입고 있었다.

"몸은 이제 괜찮은 거야?"

"많이 나아졌어요. 그보다… 갔던 일은 잘된 건가요?"

"그게……."

별것 아닌 질문이건만 현월은 대답할 말이 궁했다. 작금의 상황을 과연 어떻게 설명해야 할까.

머뭇거리는 현월을 본 흑련의 눈빛이 착 가라앉았다.

"일이 잘 안 풀린 건가요?"

"……."

"우선은 제갈 공자부터 만나서 얘기하는 게 좋을 듯해요."

그녀의 말에 현월은 머리가 번쩍 뜨이는 기분이었다.

'그러고 보니…….'

제갈윤은 제갈철의 아들이었다.

제갈철이 말했던, 집을 떠나 다시는 돌아오지 않았다던 아들.

팟!

스스로가 인지하기도 전에 현월은 암월방의 장원을 향해

신형을 날리고 있었다.

그 갑작스럽고 거친 기세에 흑련이 흠칫했다. 그녀는 황급히 현월의 뒤로 따라붙었다.

삽시간에 장원까지 치달은 현월이 문을 부수다시피 하며 안으로 들어섰다.

제갈윤은 회의실 탁상에 머리를 누인 채 꾸벅꾸벅 졸고 있었다.

먹물 냄새 가득한 방 안 곳곳에 이런저런 서류와 문서가 널브러져 있었다. 필시 밤새도록 문건과 씨름하다 잠든 모양.

단잠을 방해해서 미안하다는 생각조차 들지 않았다. 현월은 거의 반사적으로 제갈윤의 몸을 일으켜서는 흔들었다.

"뭐, 뭐야!"

제갈윤이 깜짝 놀라 움찔거렸다. 거친 욕설을 내뱉으려던 그는 현월의 얼굴을 확인하고는 목소리를 도로 삼켰다.

"아, 암제님? 왜 그러십니까?"

"네 아버지."

"예?"

"제갈철. 그에 대해 알고 있는 대로 토해내."

짧은 침묵이 방 안에 흘렀다. 제갈윤은 이게 무슨 소린가 싶어 눈을 깜빡거리다 자기가 뭘 잘못 들었나 하는 생각도 들긴 했지만 그런 것은 분명 아니었다.

농담이나 장난이라기엔 현월의 태도 또한 지나칠 만큼 진지했다.

"제 아버지… 말입니까?"

"그래."

제갈윤은 당황하여 흑련의 눈치를 살폈다. 하지만 흑련은 천천히 고개를 가로저을 뿐이었다. 기실 그녀로서도 뭔가 설명해 줄 것이 없었던 까닭이다.

"제 아버지의 무엇에 대해 알고 싶으신 겁니까?"

"그는 대체 누구지?"

그가 누구냐니 이처럼 불분명하고 애매한 질문이 있을까 싶었다.

하지만 그 말을 입 밖으로 꺼내기엔 현월이 풍기는 기운이 너무나 난폭했다. 할 수 없이 제갈윤은 아무것이나 떠오르는 대로 내뱉기로 했다.

"아버지는… 독특한 분이셨습니다. 예, 그랬지요. 음, 혈교를 무너뜨리고 무림맹을 위기에서 구해낸 분이시긴 하지만 가족의 입장에서 보기엔 이해하기 어려운 분이기만 했지요."

"정확히 어떻게 말이지?"

"으음, 굳이 표현하자면 꼭 혼자서 다른 세계에 사는 것만 같다고 해야겠군요. 예, 아버지는 저나 제 동생에겐 별 관심을 보이지 않았습니다. 그럴 거면 대체 왜 데려왔을까 싶을 정도로요."

"데려왔다고?"

"예? 아, 예, 그렇습니다. 아버지는 저희를… 어딘가로부터 데려오셨을 겁니다."

현월의 눈빛이 착 가라앉았다.

"어머니는?"

"예? 어, 음, 저희 남매는… 어머니가 없습니다. 예, 한 번도 만났던 적이 없습니다. 아마도."

평소와 달리 말투가 극히 혼란스러워지는 제갈윤이었다. 현월은 제갈철의 말이 옳았음을 깨달았다. 그의 아내이자 제갈윤의 어머니였던 여인은 그 존재가 완전히 지워져 버린 것이다.

"계속 얘기해 봐."

"으음, 글쎄요. 거의 얘기할 거리가 없는지라… 사실 이런 감정을 느끼는 것도 제 좁은 소갈머리 때문일지도 모르지요. 아버지는 무림을 구한 영웅이니까요. 무림맹을 경영하는 일만으로도 머리가 터질 만큼 바쁘셨을 테니 자식들을 등한시한 것이 어찌 보면 당연한 건지도 모릅니다."

"그런 얘기는 이제 됐어. 그보다 뭔가 네 아버지에게서 이상한 점을 발견하진 못했나?"

"예?"

제갈윤이 미간을 찡그렸다.

뭔가 이상하다는 것을 느낀 까닭이다.

"왜 그런 말씀을? 무엇보다 이미 돌아가신 분의 험담을 해 봐야 뭐가 남겠습니까."

"미안하지만 그냥 묻는 말에만 대답해 줬으면 한다."

제갈윤의 미간의 골이 한층 깊어졌다. 현월이 뭔가를 숨기고 있다는 것을 유추하는 것쯤은 그리 어렵지 않은 일. 다만 그것과 이미 죽어버린 아버지가 무슨 관계인지는 그로서도 알 수 없었다.

"음, 글쎄요. 이상한 점이라……."

제갈윤이 쉽게 말을 잇지 못하고 끙끙댔다. 현월은 애타는 눈으로 그를 바라보다가 이내 체념했다.

'어쩔 수 없겠지.'

시간의 흐름, 생명의 틀을 벗어나 버린 이에게 혈육 따위는 무의미할 터.

제갈윤이 뭔가를 알고 있으리라는 것은 지나친 욕심이리란 생각이 들었다.

"됐어. 깊게 생각하지 않아도 돼. 내가 한 말은 잊도록 해."

"예?"

현월은 더 말하지 않고서 암월방을 나섰다.

그 뒷모습을 멍하니 바라보던 제갈윤이 흑련에게 넌지시

물었다.

"대체 뭐가 어떻게 된 겁니까?"

"나도 모르겠어요."

짤막히 대꾸한 흑련이 급히 현월을 뒤따랐다.

"설명해 주세요."

현월은 대꾸하지 않은 채 무작정 걸어갔다. 흑련이 보기엔 그저 아무 생각 없이 움직이고 있는 것에 지나지 않는 모습이었다.

현월을 앞질러간 그녀가 앞을 가로막았다. 현월은 그녀와 부딪히기 직전에야 겨우 멈춰 섰다.

"…뭐야?"

"설명이 필요해요. 대체 돌아오자마자 왜 이러는지 정도는 우리도 알아야지 않겠어요?"

현월의 입이 살짝 벌어졌다. 그러나 목소리가 흘러나오기 직전 그는 입을 굳게 닫아버렸다.

"대체 왜 그러는 거예요?"

"설명해 봤자… 너희는 이해할 수 없어."

"흔한 수법이네요. 너희는 아무것도 몰라. 세상 고민은 나 혼자 다 짊어지고 있어. 그런 태도는 도망치는 것밖에 되지 않아요."

"……."

"최소한 우리가 이해할 수 있는 부분까지는 설명해 줘야지 않겠어요? 당신은 암월방의 방주고 당신 휘하엔 수십의 수하들이 있어요. 현검문까지 포함한다면 그 숫자는 더욱 많아지고요. 그런 당신이 입을 꾹 다물고만 있으면 아랫사람들까지 피곤해져요."

"넌 금왕을 따르잖아?"

"그렇더라도 지금은 당신을 돕고 있잖아요."

잠시 흑련을 응시하던 현월이 한숨을 토했다.

"무슨 말인지는 알겠어. 하지만 정말로 설명할 길이 없어서 그래. 아마 내 얘기를 듣고 난다면 너도 혼란스러워질 거야."

"그렇더라도 최소한 어떻게 대응해야 할지는 알 수 있게 되겠죠."

그런가.

현월은 입속으로 중얼거렸다.

생각해 보면 그 또한 속내를 풀어놓을 필요가 있기는 했다.

감당하기 힘들 정도의 거대한 진실을 홀로 품고 있는다는 것은 너무 어려운 일이었으니까.

"좋아."

마침내 결심을 한 현월이 말했다.

"부디 다 듣고 나서 나를 미친놈이라고 생각하지만 않아줬으면 좋겠군."

"그러진 않을 테니까 얘기해 봐요."

"좀 긴 얘기가 될 거야."

흑련은 현월의 손을 잡고는 방 안으로 이끌었다. 방석을 가져와 현월을 앉힌 그녀가 말했다.

"얘기해 봐요. 들을 테니."

"그러지."

현월은 모든 진실을 풀어놓기 시작했다. 자신의 이야기, 제갈철의 이야기, 유설태와의 악연과 혈교와 무림맹에 얽힌 진실들에 대하여.

이야기는 예상보다도 길었다.

정오쯤에는 끝나지 않을까 싶었던 게 미시의 말엽쯤 되어서야 겨우 끝이 났다.

"……."

이야기가 끝나고도 흑련은 한동안 침묵했다.

그 지난한 침묵을 깨고 나온 그녀의 한마디는 가늘게 떨리고 있었다.

"저기, 혹시 오는 동안에 머리를 세게 부딪치거나 한 건 아니죠?"

"거 봐. 이럴 줄 알았지."

"아, 아니에요. 음, 솔직히 마냥 믿기는 어려운 이야기인

건 사실이지만……."

"사실이지만?"

"그래도 눈앞에 보이는 증거가 있으니 믿지 않을 순 없겠죠. 그럼 지금쯤 무림맹엔 난리가 났겠네요?"

"아마 그럴 거야."

발 없는 말이 천 리를 간다고 하지만 그 빠르다는 풍문의 속도조차 현월을 따라잡진 못한 듯했다.

그래도 무림맹의 변고에 대한 이야기가 퍼지는 것은 시간 문제일 터.

문제는 그 이후 제갈철이 어떻게 나오느냐는 것이었다.

무림맹이 반쯤 궤멸된 상태라고는 하나 제갈철은 개의치 않을 터였다. 화무백이나 백진설조차 뛰어넘은 그의 무위라면 한달음에 달려와 여남을 초토화하는 것도 간단한 일일 터.

하지만 그는 그러지 않았다. 다른 생각을 품었다고밖에는 설명할 길이 없었다.

그리고 현월은 그의 속내를 약간은 추측할 수 있을 것 같았다.

"이 모든 게 유희, 장난질이란 거겠지."

"예?"

"죽어도 죽지 않는 괴물이 시간마저 되돌릴 능력을 갖췄다면 세상에 거리낄 게 없겠지. 그 능력만큼이나 사는 것이 무료

할 테니 모든 행동이 철저히 재미를 위주로 돌아가게 될 거야."

"……."

"어쩌면 내가 어떻게 나올지 기대하고 있는지도 모르지. 수도 없이 반복되어 온 놈의 역사 속에서도 이런 경우는 처음이었을 테니까."

흑련은 떨떠름한 얼굴로 고개를 끄덕였다. 하나 그녀는 현월의 말에 동조할 수가 없었다. 그의 말을 믿지 못하기 때문이 아니라 이해하는 것 자체가 어려웠던 까닭이다.

"그럼 이제 어떻게 할 생각인가요?"

"글쎄, 난 내 나름대로 발버둥 치는 수밖에 없겠지."

"승산이 있을까요?"

"약간은 있지 않을까?"

현월로서는 그렇게 대답할 수밖에 없었다. 그것이 진실이었기에.

걱정스러운 눈으로 그를 바라보던 흑련이 물었다.

"금왕께 도움을 요청하는 건 어때요? 그분이라면 필시 큰 힘이 되어주실 텐데요."

"과연 그럴까?"

"역사상 전례가 없던 괴물이 출현했으니 그분도 큰 관심을 보일 수밖에 없을 거예요."

그 말은 아마도 옳을 터였다.

그러고 보면 의외로 금왕과 제갈철은 비슷한 부분이 있다는 생각이 들었다.

'너무나 많은 것을 소유했기에 그만큼 무료함을 느낀다는 점에서는 비슷하다고 할 수 있겠지.'

그런 그라면 필시 적극적으로 현월을 도우려들 터였다.

물론 현월의 말을 믿을 때의 얘기였지만.

그래도 밑져야 본전인 일이었다. 어차피 현월로서는 제갈철에게 대항하기 위해 지푸라기라도 잡아야 하는 입장이었으니.

'이 행동조차도 놈의 손아귀 안에서 놀아나는 꼴일지도 모르겠지만……'

선택의 여지는 없다. 현월은 결국 마음을 정했다.

"금왕에게 내가 보잔다고 전해줘."

*　　　*　　　*

무림맹이 궤멸적인 피해를 입었다.

일련의 습격자 무리에 의해 무림맹 본부의 태반이 소멸했다.

수백이 죽고 수천 명이 부상당했으며 본부의 심장이나 다름없던 군웅전이 완전히 초토화되었다.

그리고 그 안에 있던 무림맹주 남궁월이 행방불명되었다.

행방불명이라 표현하긴 했으나 그 무게 추가 사망 쪽으로 기울어지는 것은 어쩔 수 없었다. 습격자들의 무위는 맹주 직속 타격대인 흑령대를 전멸시킬 정도로 뛰어났고, 그들의 공격 역시 무자비하며 강력하기 그지없었기에.

물론 남궁월은 천하제일인이었고, 습격자들이 아무리 강하다 한들 간단히 당할 위인은 아니었다. 하지만 완전 무적의 존재 따위는 세상에 존재하지 않는 법이었고, 그 어떤 비열하고 더러운 수법이 펼쳐졌는지는 그 누구도 알지 못했다.

혈교의 정점이라던 화무백마저 그렇게 비명에 가게 될 줄 그 누가 알았으랴.

더군다나 남궁월이 살아남았다면 굳이 행방을 감출 이유가 없었다. 오히려 혼란에 빠진 맹을 위해서라도 모습을 드러냄이 옳았던 것이다.

그러나 그는 나타나지 않았다.

남은 사람들로선 그의 죽음을 의심할 수밖에 없는 상황이었다.

그야말로 청천벽력.

마른하늘에 날벼락이 치더라도 이보다 치명적인 피해를 낳지는 못했을 것이다.

하필 총군사 유설태가 자리를 비운 상황에 다른 곳도 아닌 무림맹의 심장이 이런 치명타를 입게 될 줄이야.

소문은 빠른 속도로 중원 전역에 퍼졌다. 한 곳으로 전서구가 날면 그곳으로부터 열 곳으로 전서구가 퍼져 날았고, 그 소식을 받은 열 곳으로부터는 백 개의 전서구가 날갯짓을 했다.

먹물 방울이 백지를 적시듯 소문은 빠른 속도로 확산되어 마침내 십만대산이 있는 곳까지 당도했다.

덕분에 혈교도들 또한 혼란에 빠졌다.

"무림맹 본부가 궤멸에 가까운 피해를 입었다고?"

"예, 게다가 맹주인 남궁월 또한 자취를 감추었다고 하오."

"대체 뭐가 어찌 돌아가고 있는 것인지……?"

혈교의 수뇌들이 시장 바닥의 아낙네들처럼 지껄여 댔다.

그 와중, 유설태의 머릿속엔 한 가지 상념이 스쳐 갔다.

'설마 놈이……?'

그가 가장 먼저 떠올린 것은 암제였다. 그럴 수밖에 없었다.

기실 무림맹에 이 정도 타격을 줄 만한 인물도, 이 정도 타격을 입힐 만큼의 원한을 가진 이도 암제뿐이었으니까.

'설마 맹 내에 잠복해 있는 동도들을 제거하기 위해?'

하지만 그건 조금 부자연스러운 일이었다. 빈대 한 마리 잡자고 초가삼간을 태우는 것도 아니고, 무림맹 내에 숨어 있는 혈교도를 잡겠답시고 맹 전체를 초토화시키다니?

게다가 무림맹엔 남궁월, 천하제일인이 존재했다. 보안과 방어 또한 철통같은 상황.

그런 무림맹을 암제와 그 벼룩만 한 무리가 해치운다? 아무리 생각해도 말이 안 됐다.

다만 그렇게 단언할 수만은 없었다. 어찌 됐든 놈은 암천비류공을 익힌 몸이었고 화무백을 쓰러뜨린 백진설마저 암살한 존재였으니까.

"지천궁주, 지천궁주!"

"음?"

자신을 부르는 소리에 유설태는 상념에서 벗어났다. 고개를 들어 보니 혈교의 수뇌들이 약속이라도 한 듯 그에게 시선을 집중시키고 있었다.

"지금이야말로 적기가 아니겠소?"

"지금 당장 군세를 일으켜 서안으로 진군해야 하오!"

회의장 곳곳에서 격앙된 음성이 터져 나왔다. 하기야 그럴 수밖에 없으리라. 혈교에게 있어선 이만한 기회가 또 없을 테니.

'하지만…….'

도리어 유설태는 그렇기에 진군하기가 꺼려지는 것이었다.

'상황이 너무 좋게 흐르고 있지 않은가. 게다가 그자가 홀연히 사라져 버렸다는 게 수상하다.'

대다수가 무너진 군웅전과 함께 사망했으리라 여기고 있었지만 유설태는 도저히 남궁월이 죽었다고 생각할 수 없었다.

하늘을 갈라 보였던 그의 무위도 무위거니와 맹을 떠나오기 직전에 나누었던 대화를 떠올려 보니 더더욱 그의 죽음을 상상하기 힘들었기 때문이다.

그때 언뜻 보인 남궁월의 신통력은 인간의 것이 아니었다.

'그는 마치 세상 자체를 초월한 듯했다.'

더군다나 유설태의 정체까지 꿰뚫어 보고 있는 듯한 태도를 보였었다.

그런 그가 비록 기습이라고 하나 자신보다 약한 것이 분명한 습격자들에게 목숨을 내주었다?

몇 번을 거듭 생각해 봐도 말이 안 됐다.

"지천궁주!"

"대체 무엇을 그리 고민하고 계신단 말씀이외까?"

"우리에겐 어차피 다른 길이 없지 않소?"

혈교 수뇌들의 태도는 절박했다.

하기야 그럴 수밖에 없으리라.

철혈염라 철극심의 죽음이 생각보다도 큰 역풍을 일으켰던 까닭이다.

그는 유설태나 다른 이들이 생각한 것 이상으로 혈교도들의 존경과 신뢰를 얻고 있었다. 그런 그를 굴러온 돌이나 다름없는 암후가 단칼에 베어 죽인 것은 혈교도들로부터 큰 반발심을 샀다.

젊은 나이임에도 큰 경외심을 얻고 있던 백진설의 죽음, 그리고 얼마 지나지 않아 철극심마저 죽고 말았다. 더군다나 전자의 경우는 어쩔 수 없다 쳐도 후자의 경우는 누가 봐도 파벌 싸움의 결과가 아닌가. 지천궁이나 유설태에게 반감을 지니고 있던 이들이 불만을 토하기에 충분했다.

혈교라는 집단 자체가 뿌리부터 송두리째 흔들리고 있는 상황이었다.

이 흔들림을 가만히 내버려 두고만 있다간 자칫 돌이킬 수 없는 일이 벌어질지도 몰랐다.

"넘쳐흐르려 하는 힘은 한시라도 빨리 바깥으로 뿜어져 나가게 만들어야만 하오. 그러지 않는다면 그 힘은 그릇 자체를 산산이 깨뜨리고 말 테니까."

"결단을 내리셔야 하오, 지천궁주!"

"무림맹 정벌의 명령을!"

혈교의 수뇌들은 이미 유설태를 잠정적인 교주로 점찍고 있는 듯했다.

하기야 백치나 다름없는 암후를 믿고 따른다는 것은 아무래도 어려운 일일 터였다.

"암후는 그저 상징적인 존재일 뿐, 실질적으로 혈교를 경영할 수 있는 사람은 귀하밖에 없습니다."

만박서생 유숭의 한마디.

그 말이 꼭 등 뒤를 강하게 떠미는 것만 같아 유설태는 쓴웃음을 지었다.

"이제는 돌이킬 수 없다는 얘기로군."

"꾸물거리고 있다간 우리가 먼저 쪼개져 나갈 것입니다. 스스로를 파멸시킬지도 모르는 힘은 밖으로 분출되어야만 합니다."

"그럴… 테지."

다른 선택지 따위는 없다. 유설태는 마음속으로 되뇌었다.

'대체 뭐가 어떻게 돌아가고 있는지는 모르겠지만… 어쩔 수 없겠지.'

한 번뿐인 인생. 기회가 왔다면 그것을 붙들어야 하는 법이었다. 설령 그 너머에 존재하는 것이 결실이 아닌 함정이라 하더라도.

'함정 따위, 힘으로 돌파해 버리면 그만이다!'

천하제일인이라 한들, 암황의 후계자라 한들, 기껏해야 개인에 불과했다.

그 어떤 개인이라 해도 강하게 결속된 집단의 힘을 이기지는 못했다.

그래야만 했다.

벌떡!

유설태는 자리를 박차고 일어났다. 그의 움직임을 수뇌들의 눈이 쫓았다.

"혈교천세의 깃발을 드시오. 마침내 우리의 오랜 염원을 해갈할 때가 왔소."

오오오오!

회의장이 떠나갈 듯한 소음이 뒤를 따랐다. 나이 지긋한 수뇌들이 혈기방장한 젊은이로 돌아가기라도 한 듯 포효를 토해냈다.

유설태는 그 모습을 응시하며 내심 각오를 다졌다.

'남은 것은 이 한판에 목숨을 거는 것뿐인가.'

12장

혈교준동

　혈교의 진군이 시작되었다.

　그들은 구차하게 자신들의 움직임을 숨기지 않았다. 지난 십수 년간의 침묵에 대한 반발이라도 되는 양 요란스럽고 화려한 진군 방식을 택했다.

　총인원 천오백.

　숫자 자체는 그다지 많지 않다고도 느껴질 수 있을 테지만 그 면면을 살펴본다면 얘기가 달라진다. 현 무림에서 소위 절정급이라 불리는, 검기를 출수 가능한 무사의 숫자가 태반이었으니까.

한 명의 절정급 무사는 다섯 명 이상의 일류 무인을 감당할
수 있다.

구파일방에 속하는 대문파들조차 일류 이상의 무인을 오
십 명 이상 거느리지 못했음을 감안한다면 혈교의 군세가 얼
마나 막강한지는 생각할 것도 없는 일이었다.

혈교도들은 주변의 서안을 향해 직진했다. 그 경로상에 위
치한 마을과 문파는 하나의 예외도 없이 초토화되었다.

이 기회에 무림맹과의 묵은 원한을 완전히 해소하겠다는
듯한 태도. 오직 그들 앞엔 죽음뿐이었고, 그들의 뒤로도 죽
음만이 이어졌다. 일말의 자비조차 실리지 않은 칼날은 남녀
노소를 가리지 않고 모든 정파인들을 도륙했다.

심지어는 무림에 속하지 않은 이들조차.

'어쩔 수 없다.'

유설태는 내심 그렇게 중얼거렸다.

무림의 일은 무림의 일일 뿐.

그 외부에까지 퍼져 나가서는 안 된다. 비단 관부가 무섭기
때문만은 아니다. 무림 외의 영역에 손을 대지 않는 것이 정
사를 넘어서 모든 무림인들이 지닌 불문율이었기 때문이다.

하지만 그 묵약을 깨뜨리고 말았다.

그러지 않고는 격앙된 혈교도들을 진정시킬 방안이 없었
던 까닭이다.

기실 그들은 유설태나 다른 수뇌들의 명령조차 듣지 않고
있었다. 고삐 풀린 야생마가 날뛰듯 자신들의 길 앞을 가로막
는 모든 것을 그저 짓밟고 부술 따름이었다.

　'이래서는 안 된다.'

　설령 무림맹을 무너뜨리고 정파 무림을 완전히 파괴한다
고 하여도 그 뒤에 돌아오는 것은 관부를 비롯한 무림 외부로
부터의 복수의 칼날뿐일 터였다.

　결과가 뻔히 보이는 파국의 진군.

　실패한다면 응당 파멸뿐일 테지만 성공한다 하여도 영광
의 시대는 도래하지 않으리라.

　'하지만……!'

　이제 그 누구도 이들을 막을 수 없다.

　혈교도들이 발하는 광기의 파도에 휩쓸리는 것 외에는 방
도가 없었다.

　게다가 유설태 본인조차도 피부 안쪽에서 꿈틀대는 뜨거
운 혈기를 주체할 길이 없었다.

　그 또한 한 사람의 혈교도였기에.

　'마지막까지 가는 수밖에!'

　　　　*　　　　*　　　　*

혈교 군세의 준동은 무림 전역을 뒤흔들어 놓았다. 무림맹 궤멸에 이은 또 한 번의 치명타. 안 그래도 흔들리고 있던 백도 무림은 이 한 방으로 인해 빈사 상태에 빠져 버렸다.

반면 흑도들은 문자 그대로 신명이 났다.

그간 암흑가에 틀어박힌 채 백도의 눈치만을 살피던 그들이 스멀스멀 바깥으로 고개를 쳐들기 시작했다.

그로 인해 각 지역의 거리가 피비린내로 물들기 시작했다.

하루가 멀다 하고 싸움판이 벌어졌다.

싸움판은 곧 전투로 발전하고, 전투는 곧 자그마한 전쟁으로까지 확대됐다.

여남은 그중에서 몇 안 되는 예외였다.

"놀라운 일이로구나."

현무량의 말에 현월은 나직이 고개를 주억거렸다.

"암월방과 그 휘하 무리들 또한 혈교의 준동에 발맞추어 날뛸 줄 알았거늘. 무슨 연유인지는 몰라도 놀라울 만치 조용하기만 하구나."

"그간 아버지께서 들여오신 노력이 결실을 맺은 듯싶습니다."

"네가 나를 부끄럽게 만드는구나."

현무량이 쓴웃음을 지었다.

기실 그도, 다른 이들도 이 모든 게 현월의 노력 덕이라는 것을 잘 알고 있었다.

물론 그 자세한 내막까지 아는 이는 거의 없었지만 말이다.

암월방은 강력한 철권통치로 여남의 암흑가를 지배했고, 기타 사파 세력이 발을 들이지 못할 만큼 엄격한 환경을 만들어놓았다.

여남의 거리는 철저히 암월방의 그림자 아래에 존재했고, 그 덕에 이번 혈교의 준동 앞에서도 약간의 소란조차 일어나지 않았다.

암제의 공포정치가 빛을 발한 셈.

그러나 현월은 그 사실에 만족감을 느낄 수가 없었다. 그보다도 눈앞에 닥친 현실이 너무나 막막했던 까닭이다.

'유설태……!'

결국은 이렇게 나오고야 말았다.

본디 현월이 알고 있던 미래와는 상당히 다른 형태였지만 어찌 됐든 혈교는 기어코 중원 정벌의 기치를 들고서 일어나고야 만 것이다.

그 세력은 결코 허투루 볼 수 있는 수준이 아니었다. 지금처럼 무림맹이 회복 불능의 치명타를 입은 상황이라면 더더욱.

'어쩌면… 내가 알고 있던 미래보다도 더한 위기일지도 모른다.'

현월이 기억하는 미래.

그곳에선 현월에 의해 무림맹의 요인들이 대부분 암살당했었다. 그 덕에 혈교는 너무나 간단히 무림맹을 짓밟을 수 있었고 말이다.

이번엔 요인들이 죽지 않은 대신 맹 전체적으로 입게 된 피해 규모가 그때보다 컸다. 그나마 다행한 것은 무림맹 내에 스며들어 있던 혈교의 무리가 전멸하다시피 했다는 점일까.

'혈교 놈들을 막아낼 수 있을까.'

현월의 미간에 골이 깊게 파였다.

이미 그의 무위는 회귀하기 전의 수준을 넘어선 뒤였다.

전성기의 자신조차도 지금이라면 능가할 수 있을 터였다.

그 사실에 만족할 수 없다는 게 그저 씁쓸할 따름이었다.

부자 사이로 무거운 침묵만이 흐르는 가운데 현무량이 먼저 입을 열었다.

"소림으로부터 서신이 도착했다. 혈교의 준동에 대항하여 긴급 회동을 개최하겠다는 내용이더구나."

"그랬군요."

기실 현월 또한 알고 있는 얘기였다. 이미 하오문의 정보망을 통해 입수해 두었던 까닭이다.

소림의 방장인 혜법은 백도 무림 최후의 보루라 하여도 틀림이 없었다. 거의 모든 문파들이 혼란 상태에 빠진 와중에도 그는 침착하게 대응에 나섰다.

다만 거기에 얼마나 많은 문파가 동조할지는 장담하기 힘들었다.

기실 화산이나 무당 같은 대문파조차도 주변의 혼란을 다스리기 버거울 지경이었다. 무림맹이 입은 피해는 너무나 컸고 그 여파 및 혈교 준동의 후폭풍 또한 너무나 거대했다.

무엇보다도 중심이자 상징이라 할 수 있는 무림맹주 남궁월의 행방불명이 치명타였다.

구심점이 되어 혈교에 맞설 상징이 사라져 버린 것이다.

그 와중에 소림마저 나서지 않았다면?

백도 무림은 혈교와 제대로 맞서보지도 못한 채 지리멸렬했을 것이다.

"나 또한 혜법 선사의 뜻에 동참할 것이다. 비록 우리 현검문이 군소 방파에 불과하다고는 해도 무림의 위기를 눈앞에 두고서 모른 척하고만 있을 수는 없구나. 하지만 결정을 내리기에 앞서 네 의견을 물어볼 필요도 있다고 생각했다."

"아버지의 뜻이 그러하시다면 저 또한 따를 따름입니다."

"그렇다면 네가 나 대신 소림을 방문해 주었으면 싶구나. 혜법 대사를 만나 우리 현검문 또한 대의에 동참할 것임을 전하고 오려무나."

"그렇게 하겠습니다."

마침 암제로서도 혜법 선사를 만날 필요가 있는 시점이었다.

내심 잘됐다는 생각이 들었다.

현월은 흑련과 유화란을 대동한 채 숭산으로 향했다. 이렇게까지 된 이상 정체를 숨길 필요는 없었기에 지난번과는 달리 흑색 복면으로 얼굴을 가리진 않았다.

"현검문에서 찾아왔다고 전해다오."

동자승에게 그렇게 말하니 얼마 지나지 않아 대나한 범화가 찾아왔다.

현월을 본 그의 눈빛이 이채를 띠었다.

"…시주였구려."

현월이 암제라는 것을 대번에 간파한 눈빛이었다.

하기야 현월이 구태여 기운을 갈무리하지 않았으니 범화쯤 되는 고수라면 어렵지 않게 눈치를 챌 수 있을 터였다.

"그래."

"솔직히 말해 시주라면 혈교도의 준동에 동조하리라 생각했소만."

"그 생각이 보기 좋게 빗나갔군 그래."

"…그건 인정할 수밖에 없겠군. 어쨌든 좋소. 방장님께서 기다리고 계시오."

현월은 범화의 안내를 받아 방장실로 향했다. 혜법이 굉유를 대동한 채로 현월을 기다리고 있었다.

"현검문의 장자 현월입니다."

예를 취하는 현월을 향해 혜법은 빙그레 웃을 따름이었다.

"그래, 오늘은 어느 쪽의 입장으로서 이곳을 찾으셨는가?"

"둘 다입니다."

"그런가? 그럼 현검문주의 대답부터 듣기로 함세."

현월은 현무량의 뜻을 일말의 가감 없이 전달했다. 그 내용을 모두 들은 혜법이 진중한 얼굴로 고개를 끄덕였다.

"현검문주께 감사하다고 전해주시게. 지금 같은 위기에 현검문의 가세는 큰 힘이 될 것이네."

"그러겠습니다."

현월 또한 정중한 태도로 대답했다.

그 와중에 범화는 불편한 표정을 짓고 있었는데, 아마 혜법이 지나치게 예를 차리는 게 아닐까 생각하는 모양이었다.

"그러면 이제 다른 한쪽의 용무에 대해 얘기할 시점이로구면."

"좌우를 물려주셨으면 합니다."

담담한 현월의 목소리에 범화가 표정을 팍 구겼다. 그러나 혜법은 빙그레 웃을 따름이었다.

"그러지. 두 사람은 나가 있거라."

"방장님!"

"중한 손님을 맞았으니 예를 확실히 해야지."

범화는 입술을 깨물었고 굉유는 이게 무슨 일인가 싶어 현월과 혜법을 번갈아 볼 따름이었다.

　한동안 그러던 굉유가 돌연 뒷머리를 세게 얻어맞은 듯한 표정을 지었다.

　"서, 설마?"

　현월은 피식 웃으며 대꾸했다.

　"오랜만이군, 덩치."

　"암제!"

　쩌렁쩌렁한 목소리에 찻잔이 흔들렸다. 굉유를 제외한 모두가 눈살을 찌푸렸다.

　"죄, 죄송합니다."

　"나가 있도록 하여라."

　재차 혜법이 명령하자 범화가 하릴없이 굉유를 데리고서 밖으로 향했다.

　두 사람이 사라지니 방장실 안에 기묘할 정도의 침묵이 내려앉았다.

　"그러고 보면 지난번 일에 대한 감사도 제대로 못 했구먼."

　"감사치레를 듣고자 온 것이 아닙니다. 그보다 방장님께서는 혈교도들을 누가 이끌고 있는지 알고 계십니까?"

　"필시 유설태일 테지. 이미 그의 정체에 대해서는 각 문파에 공문을 돌려놓았네."

충분하다고는 할 수 없어도 안 한 것보다는 확실히 나은 대처였다. 물론 현월이 온 것은 그것 때문만은 아니었다.

"혹 누군가가 근래에 방장님을 찾아온 적이 있었습니까?"

미묘한 질문에 혜법의 흰 눈썹이 꿈틀댔다.

"누군가… 라는 게 정확히 어떤 이를 칭하는 것인지 모르겠군. 위치가 위치이고 하니 매일같이 수십 명의 무인들을 만나는 것이 이 땡초일세."

잠시 고민하던 현월이 말했다.

"좀 더 명확하게 묻지요. 무림맹주 남궁월이 근래 찾아온 적이 있습니까?"

"맹주? 그가 살아 있다는 말인가? 정체불명의 습격자들로 인해 무너지는 군웅전에서 빠져나오지 못했다고 알고 있네만."

"그와 만나지 못하셨단 말씀이군요."

"그렇다네. 한데 자네는 그를 만나선 안 되는 인물인 것처럼 얘기하는 것 같네만."

"자세히 설명드리긴 어렵습니다만 그는 백도 무림에 있어 결코 이로운 자가 아닙니다."

혜법의 눈빛이 깊어졌다.

"아무래도 이번 무림맹 습격과 자네가 관련되어 있는 듯하네만. 설마 이번 습격의 배후가 자네였던가?"

"……."

이런 때의 침묵이란 곧 긍정과도 같은 것.

그것을 아는 현월이었지만 차마 거짓말을 할 수는 없었다.

혜법쯤 되는 이라면 얼토당토않은 거짓쯤은 충분히 가려낼 수 있을 터였고 말이다.

"그랬던가……."

의외로 혜법은 크게 충격 받지 않은 눈치였다.

도리어 자세한 사정을 모르고 있던 유화란이 깜짝 놀랐다.

다만 자리가 자리인지라 그녀는 현월을 채근하지 않았다.

"딱히 경악하신 것 같지는 않군요."

"그래 보이는가?"

혜법은 쓴웃음을 지었다.

"맹주 남궁월이 단천의 무예를 시연해 보였을 때 그 자리에 이 땡초 또한 참석해 있었다면 설명이 되겠는가?"

"……."

"이런 표현이 어울릴지는 모르겠네만 당시의 남궁월에게서는 사악한 무언가가 느껴졌었네. 물론 그것은 지극히 미세한 얼룩 같은 것이었지만 말이야. 당시에는 내 자신이 남궁월에게 느낀 시기와 질투심 때문이 아닌가 생각했었는데 이제 보니 그게 아닌 모양이군."

혜법은 확신에 가까운 태도로 말을 이었다.

"솔직히 말하자면 그가 진짜 남궁월인지조차 의심스러웠

다네. 분명 그의 외관과 음성으로 말하고 있기는 한데 풍기는 느낌이나 성격, 태도 등이 이전과는 너무도 다르더군. 하지만 그 의심을 함부로 입 밖에 꺼낼 수는 없었네. 그가 천하제일 인임은 분명한 사실이었으니 말이야. 그런 그를 함부로 의심 했다간 소림이 위험해질지도 모르는 일이었지."

"그랬군요."

"음, 하지만 이제는 확실히 말할 수 있을 듯하군. 그는 남 궁월이 아니야. 게다가… 자네의 태도를 보자니 죽은 것도 아 닌 모양이군."

혜법의 쓴웃음이 한층 짙어졌다.

"그 말은 곧, 우리 모두가 혈교뿐 아니라 천하제일인을 적 으로 두게 되었다는 뜻이로군."

13장

초원을 달리는 늑대

　몰아치는 바람결은 마치 칼날 같았다.

　북방, 대초원.

　지평선이 마치 세상 끝까지 이어질 듯 펼쳐져 있었다. 까까중의 머리칼처럼 자라난 몇 포기의 풀잎들을 건장한 군마들이 게걸스레 뜯어 물었다.

　그 위에 착석해 있는 일련의 무리.

　중원의 복색과는 너무도 다른 의복과 수십 년 햇살에 그을린 단단한 육체.

　그들이 몽골, 대초원 전사들임을 알아보는 것은 너무나 쉬운 일일 터였다. 마치 태생부터 마상(馬上) 생활을 해온 것처럼 안장 위에 올라 있는 그들은 너무나 자연스러워 보였다.

보통 이상의 눈썰미를 지닌 사람이라면 이들이 마치 말과 함께 호흡하는 것 같다는 느낌을 받을지도 모를 것이었다.

대초원의 전사들은 한 명의 사내를 둥그렇게 두르고 있었다.

사내는 다른 전사들보다도 유달리 큰 체구와 키를 지니고 있어 머리 하나쯤 높은 위치에서 나머지 전사들을 내려다보는 입장이었다.

사내를 둘러싼 이들 중 가장 연배가 있어 보이는 전사가 입을 열었다. 입가의 흉터가 귀밑까지 주욱 이어져 있었는데, 흉측스럽기는커녕 오히려 무공 훈장에 가까운 듯했다.

"왜 떠나려는가?"

메마른 목소리로 울리는 질문.

거구의 사내는 끝이 보이지 않는 지평선, 남녘을 응시하며 말했다.

"약속을 지키지 못했소."

"약속? 누구와의?"

"오랜 숙적."

"숙적이라 함은 수년간 죽이지 못했던 중원인 말인가?"

"그렇소."

남방을 바라보는 사내의 눈빛이 한층 깊어졌다. 전서구나

서신 하나 그를 찾아온 적이 없었지만 사내는 초월의 영역에 들어선 무인만이 지닐 수 있는 감각을 통해 무인가가 벌어졌음을 파악했다.

"그의 혼이 대지를 떠났소."

대초원의 환경은 혹독하다.

물을 구하는 것조차 쉽지 않을 뿐더러 먹잇감을 찾는 것은 그 갑절 이상 어렵다.

며칠 동안 노숙을 하는 것쯤은 그야말로 기본 중의 기본. 사냥감을 찾지 못해 쫄쫄 굶어야 하는 경우도 부지기수이다.

그렇기에 초원의 전사들은 한 번 점찍은 사냥감은 반드시 잡아내고야 만다.

이는 누가 시켰기 때문도 아니고 합리적 이유가 있기 때문도 아니다.

다만 그것조차 해내지 못하고는 혹독한 대지에서 버텨낼 수 없기 때문일 따름이다.

하지 못하면 죽는다.

내일의 자신이 오늘보다 조금이라도 더 발전하지 않는 한은.

그것이 대초원의 자연이 그들에게 전수해 준 가장 고귀한 지혜였다.

그 지혜를 뿌리 삼아 초원의 묵계는 굳건한 버팀목으로 화했다. 그러한 초원의 묵계는 오랜 시간에 걸쳐 약간의 변형을 거쳤다.

결과적으로, 초원의 전사는 한 번 죽이고자 마음먹은 적수는 반드시 찾아내어 죽인다는 암묵의 계를 지니게 되었다.

만약 그 적수가 다른 이에게 목숨을 잃는 경우엔?

초원의 전사는 적수를 죽여 없앤 이를 찾아내어 반드시 척살한다.

이는 두 가지 의미를 지니고 있다.

하나는 자신이 죽이지 못한 적수의 명복을 비는 것이었다.

그리고 또 다른 하나는 적수를 죽인 자들을 죽임으로써 궁극적으로 자신의 힘이 적수보다 우위임을 증명하는 것이다.

그리고 지금.

거구의 전사는 그 묵계를 이유로 떠남을 청하고 있었다.

"얼마 전에 적색의 유성비가 내렸던 것은 네 적수의 넋이 빚어낸 일이었던 모양이로구나."

늙은 전사가 하늘을 향해 고개를 쳐들었다.

"요 근래 하늘의 움직임이 심상치 않다. 하늘의 무게 추가 남녘으로 쏠려 있으니 이는 저 한족의 땅에 이변이 일어났음을 뜻하는 것이다. 각별히 주의해야 할 것이야."

"……"

"그래, 적수의 살해자는 어떻게 만날 생각인가?"

"수소문해 보아야겠지. 내 적수는 극강의 무인인 바, 그의 죽음의 실마리를 찾을 방도는 반드시 있을 것이오. 중원은 이곳보다도 이름이 널리 퍼지기 좋은 곳이니까."

"적수의 이름을 알고 있더냐?"

"소천호. 중원식으로 부르자면 그러했소."

늙은 전사는 눈매를 가늘게 하며 고개를 끄덕였다.

"중원이 피로 물들겠구나."

대초원의 전사, 한때 동지들로부터 푸른 늑대라 불렸던 사내는 소천호의 이름을 간직한 채로 중원에 발을 디딜 것이다.

그리고 무슨 수를 써서라도 적수의 살해자를 찾아내고야 말 터였다.

'그리고 죽인다.'

상대가 몇이든 상관없었다.

수십의 무리가 되었든 수백의 파벌이 되었든 개의치 않았다.

사내는 적수의 죽음과 관련된 모두를 대지의 품으로 인도할 것이었다.

참으로 과격하면서도 저돌적인 방식이었다.

또한 필연적으로 다량의 피를 볼 수밖에 없는 방식이기도 했다. 그리고 그것은 몽골인들에게 있어 나쁠 것 하나 없는 일이었다.

애초에 그들뿐 아니라 한인에 의해 오랑캐라 폄하 받는 모든 민족의 목적은 그것이었으니까.

한인, 중화의 말살!

비록 적수의 복수라는 이름을 빌리긴 했으되 푸른 늑대는 그 대의의 첨병에 선 것이나 다름없었다.

"황야의 날파람이 너와 함께할 것이다."

"일을 마치기 전엔 돌아오지 않겠소."

수년이 걸릴지 수십 년이 걸릴지 모를 일이었다.

초원의 전사들은 새끼 양을 잡아 그 피로 푸른 늑대의 목을 축여주었다. 생명의 온기가 남아 있는 핏방울 하나하나가 전사의 혈관으로 스며들어 그의 심장을 맥동하게 만들었다.

작별의 인사 한마디 없이 사내는 남쪽을 향하여 기수를 돌렸다.

이것이야말로 제갈철이 알고 있던 것과는 다른 미래.

수백 번의 회귀를 거친 그조차도 전혀 경험해 보지 못한 순간이었다. 비록 자그마한 것이라고는 하나 고정되어 있던 미래에 변수가 생겨났다.

그리고 그 변수가 어떤 변화를 불러올지는 아직 아무도 알지 못했다.

투두두두!

사내의 군마가 거칠게 투레질하며 평원을 내달렸다. 시린 햇빛이 벌판 위로 그림자를 길게 드리웠다. 마치 지평선 끝에까지 닿으려는 듯.

                    *   *   *

　소림의 초대에 중원 곳곳의 문파들이 응했다. 구파일방 중 곤륜과 청성, 종남을 제외한 여섯 방파의 대표가 소림을 방문했고 그 외 수십 개의 방파들이 앞다투어 혜법을 찾아왔다.

　소림의 안마당은 이내 무림 군웅들의 회합의 장으로 탈바꿈했다. 손님들을 대접하기 위해 외부 숙수들이 특별히 고용되었고, 객인들을 위한 숙소들이 황급히 마련되었다.

　회합의 목적은 물론 혈교도의 준동에 대처하는 것.

　무림맹은 사실상 해체된 것이나 다름없었다.

　치명적인 타격을 입은 것은 물론이요, 머리라 할 수 있는 맹주와 총군사를 한꺼번에 잃어버리기까지 했으니 말이다.

　그나마 본부에 남아 있는 맹도들 또한 상황을 수습시킬 여력이 없었다.

　서안의 암흑가에 도사리고 있던 흑도 세력이 일시에 준동하여 서안은 지금 무법의 도시나 다름없이 변한 상태였다.

　때문에 소림에서 개최한 이 회합이 중요할 수밖에 없었다.

　여기에 무림의 명운이 달린 것이나 마찬가지였으니 말이다.

　"여러 군웅들께서 초대에 응해주신 데 대한 고마움을 다

표현할 길이 없을 듯하구려."

혜법의 감사 인사를 통해 회합의 개최가 간접적으로 선언되었다.

"빈승이 보낸 서신을 다들 받아 보셨을 터. 무림맹 총군사였던 유설태는 본디 혈교의 장로이자 지천궁의 궁주였소. 현재 혈교의 군세를 북진시키고 있는 장본인 또한 유설태인 것으로 확인되었소이다."

"시작부터 말씀을 잘라 죄송합니다만."

한 중년인이 자리에서 일어났다. 여느 문주라면 불편한 눈총을 제법 받았을 테지만 그를 마땅찮은 눈으로 바라보는 이는 아무도 없었다.

그가 바로 화산의 장문인인 육천검주(六千劍主) 마종운이었기 때문이다.

"유설태가 혈교의 무리였다는 증거는 없는 것으로 알고 있습니다만. 혹 방장께서는 그 증거를 가지고 계신지요?"

"물론이외다."

빙긋 웃은 혜법이 말을 이었다.

"이번 무림맹 습격 사건이 일어나기 얼마 전, 통천각 요원들이 대대적으로 살해당한 일이 있었음을 아시는 분들이 계실 것이오."

좌중이 순간 술렁이기 시작했다.

반응은 크게 셋.

그런 일이 있었다는 것조차 몰랐다는 사람들과, 묘하게 표정이 굳어 있는 이들, 그리고 조용히 고개를 끄덕이는 이들이 바로 그것이었다.

첫 번째는 세력이 작거나 정보에 밝지 못한 이들, 두 번째는 아마도 혈교의 끄나풀로 의심되는 이들, 세 번째는 상당한 수준의 정보망을 보유하고 있으며 혈교의 무리도 아닌 이들이었다.

마종운은 그중 세 번째였다.

"빈승은 하오문에 의뢰하여 그들의 정보를 입수할 수 있었소. 하나같이 옛 기록이 묘연하며 그 출신 방파조차 불분명한 이들이었지."

"혈교의 무리가 조작한 정보였기 때문이란 뜻이로구려. 하면 그 장소에 남아 있던 혈교천세의 혈필은 대체……?"

"아마도 맹 내의 유설태를 압박하기 위한 한 수가 아니었을까 싶소. 진실로 혈교천세를 바라는 것이 아닌, 너의 정체를 알고 있노라는 협박의 글귀였으리란 게 빈승의 추측이오."

"그렇군. 이해했소."

시원스럽게 대답한 마종운이 자리에 앉았다.

혜법은 자연스럽게 좌중을 훑었다. 그 와중, 멀찍이 말석에 앉아 있는 현월의 얼굴에 그의 시선이 잠시 머물렀다.

'아마도 그 일을 벌인 것도 자네일 테지?

속으로만 현월을 향해 질문하는 혜법이었다.

14장

소림대회합(少林大會合)

　회의는 제법 길게 이어졌다.

　목적은 어디까지나 하나였다.

　과거의 무림맹과 같은 단결된 조직을 구성하여 혈교의 군세와 맞서자는 것.

　다만 문제는 여느 때와 마찬가지로 그 구심점이 대체 누가되느냐는 것이었다.

　가장 크게 대립하는 세력은 화산과 무당이었다. 각기 무림제일문(武林第一門)임을 자신하는 문파들인만큼 자존심 싸움또한 거세기 그지없었다.

아예 맹주 같은 것을 선출하지 말자는 의견 또한 존재했다.

모든 문파가 골고루 발언권과 권한을 갖자는 것이었는데, 이는 주로 각지의 군소 방파들이 내세우는 의견이었다.

그 어느 쪽으로도 쉽게 의견이 기울어지지 않았다. 혈교의 무리가 접근 중인 위기 속에서도 그들은 선뜻 자기네 밥그릇을 내놓으려 하지 않고 있는 것이었다.

"역겹군요. 무림의 위기가 코앞에 닥쳤는데 자기네 기득권을 지키는 데에만 여념이 없다니."

현월의 곁에 앉아 있던 유화란이 나직이 말했다. 현월과 흑련 또한 비슷한 심정이었기에 조용히 고개만 끄덕였다.

한데 엉뚱한 곳에서 그만 불똥이 튀었다.

"그 말은 그냥 흘려 넘길 수가 없군."

흠칫 놀란 유화란이 고개를 돌렸다.

세 사람과 얼마 떨어지지 않은 위치에서 젊은 무인이 몸을 일으키고 있었다.

회의가 잠시 소강상태로 접어들고 있던 시점이었기에 자연히 그의 움직임으로 시선이 집중되었다.

젊은 무인이 포권지례를 취했다.

하지만 어딘지 모르게 가식적인 느낌이 드는 태도가 온몸에서 흘러나왔다.

"본인은 칠명문(七明門)의 담수용이라 하오. 외람된 말이지만 조금 전 소저가 내키는 대로 뱉은 말을 그냥 넘길 수가 없구려."

양양의 칠명문이라 하면 근래 빠르게 치고 올라오는 신진 방파 중 하나였다.

전날 유성문이 그랬던 것을 능가하는 기세로 성장 중인 신성이었는데, 젊은 무인은 바로 그 칠명문주의 수제자인 명화신검(明和新劍) 담수용이었다.

쉽게 말해 근래 가장 돋보이는 후기지수라는 뜻이었다.

하필 그런 그가 유화란의 혼잣말을 우연찮게 주워들은 것이다.

게다가 어처구니없게도 그녀의 말을 반박하고 나섰다. 그냥 넘길 수도 있는 평범한 투덜거림이었음을 감안한다면 황당하기까지 한 일이었다.

노골적인 시선과 함께 담수용이 질문했다.

"실례지만 소저의 소속은 어찌 되시는지?"

"나, 나는……."

유화란이 말을 더듬었다.

기실 상황이 이렇게 되리라고는 생각지도 못했기에 그녀로서는 이래저래 당황스러울 수밖에 없었다.

"그녀는 현검문의 무인이오."

현월이 그녀 대신 대답했다.

자연히 담수용의 시선이 현월에게로 이어졌다.

"현검문?"

"그렇소. 여남의 현검문. 한데 그녀의 발언에 뭔가 문제라
도 있소?"

담수용의 시선에 이채가 스쳤다.

'이놈 봐라?' 하는 표정.

"문제라. 오히려 문제가 없었다고 하면 그게 이상한 것 아
니겠소?"

"어떤 점이 문제인지 알려주시면 고맙겠군."

"후……."

담수용이 나직이 한숨을 뱉었다.

'이래서 군소 방파는…' 이란 말이 생략된 듯한 표정이었다.

"기본 중의 기본 아니겠소? 무림의 선배들에 대한 예의 말
이오."

그가 과장된 동작으로 손을 뻗어 좌중을 가리켰다.

"이 많은 분들께서 무림의 안녕과 평화를 위해 먼 길을 행
차하셨소. 당장 저 남쪽으로부터 잔학무도한 혈교의 무리가
치고 올라오는 중인 이 중차대한 상황에 말이오. 이분들에게
무림의 내일을 위한 대의가 없었던들 자신들의 문파를 박차
고 이곳 숭산까지 먼 걸음을 하셨겠소이까?"

담수용이 손을 뻗어 유화란을 가리켰다. 그 손짓에 유화란

이 몸을 움츠렸다.

"한데 저 소저는 그들의 큰 뜻을 값싼 한마디로 폄하해 버렸소. 그것이 잘못이고 결례가 아니라면 무엇이겠소이까?"

"……."

"말해보시오, 소저. 조금 전에 뭐라고 했었는지 말이오. 본인의 입으로 직접 말해보시구려."

담수용의 재촉에 유화란의 낯빛이 창백해졌다.

그녀가 비록 겁쟁이는 아니었지만 이렇게나 많은 이들의 살기등등한 시선이 집중된 상황에서는 쉬이 입을 떼기 어려운 게 사실이었다.

"왜 말을 하지 못하오? 결국 소저 또한 그것이 잘못임을 알기에 말하지 못하는 것이 아니오? 말하고 난 후의 상황이 두려워서 말이오."

"나, 나는……."

"그게 아니라면 당당히 말하면 될 일. 그렇지 않소? 자, 어서 그 입으로……."

"내가 하지."

현월이 담수용의 말을 잘랐다.

이윽고 싸늘한 눈으로 좌중을 돌아본 현월이 태연히 입을 열었다.

"지금 당신들이 하고 있는 짓거리는 그저 시간을 축내는 낭비에 불과하오. 이건 무림의 미래를 위한 것이 아니라 오히려 무림의 미래를 좀먹는 행위일 뿐이오."

"……!"

"뭐, 뭐라고?"

"감히 그따위 망발을!"

반응은 즉각적이었다.

병장기만 뽑아 들지 않았을 뿐 좌중의 모두가 때려죽일 듯한 눈으로 현월을 노려봤다.

장내의 분위기가 삽시간에 냉각되는 것을 유화란과 흑련은 피부로 느낄 수 있었다.

당황한 것은 담수용 또한 마찬가지였다.

그 역시 설마 현월이 저렇게까지 직설적으로 말을 할 줄은 몰랐던 까닭이다.

본디 그는 주목받길 좋아하는 성격이었고 그러한 성격을 활용하여 이 자리까지 올라온 것이나 다름없기도 했다.

이번 경우에도 크게 다를 게 없어 그저 간단히 유화란에게 망신을 준 후 무림 명숙들의 시선을 휘어잡을 생각이었다.

'진짜 의도는 그 뒤에 있었거늘!'

저 얼뜨기 놈 때문에 모든 게 망가졌다. 저 멍청한 것은 대체 자기가 무슨 말을 지껄인 것인지 이해나 하고 있을까?

척 봐도 어려 보이는 놈이었다.

최대한 높게 쳐줘도 결코 이립(而立)을 넘기지 못했을 터.

후기지수인 담수용보다도 훨씬 연배가 낮다고 봐야 옳았다.

담수용의 입장에서도 그럴진대 다른 무인들이 보기엔 어떻겠는가.

감히 말도 함부로 걸지 못할 위치에 있는 놈이 자신들을 꾸짖은 것이나 다름없었다.

그 내용이 무엇이든 간에 우선은 불쾌할 수밖에 없다는 얘기였다.

'그렇다면……!'

담수용은 계획을 바꿨다.

기왕 이렇게 된 것, 저 정신 나간 놈을 흠씬 두들겨 패서 좌중의 시선을 휘어잡을 생각이었다.

그렇게만 된다면 후기지수 중에서도 수위를 다투는 자신의 몸값이 한층 상승할 터.

어차피 무림의 명성이란 무공의 수위에 비례하지 않았다.

얼마나 돋보이고, 얼마나 이야깃거리를 많이 남기느냐가 무림의 유명세를 좌우하는 법이었다.

어찌 보면 이는 장사치의 이치에도 맞닿아 있는 것이었다.

물건의 질 자체보다는 언변과 이런저런 장치를 통해 그 가치를 포장하고 확대하는 것.

거금을 벌어들이는 장사치들은 대개 이런 능력을 지니고

있었다. 물론 무인들의 입장에선 장사치 따위와 비교하냐며 역정을 낼 얘기였지만 말이다.

하지만 그게 진리라는 것을 담수용은 잘 알고 있었다.

그리고 그런 담수용이기에 지금 이 자리에서 자신의 진가를 한차례 선보일 필요가 있었다.

담수용은 현월을 향해 경고하듯 말했다.

"아무래도 귀하는 자신이 무슨 소리를 지껄이는지조차 잘 모르는 것 같군."

"아니, 충분히 잘 알고 있다."

태연히 대꾸한 현월의 눈매가 한층 싸늘해졌다.

"쉽게 말해 당신네들이 무림의 큰손이랍시고 모여서 하는 짓은 시장통의 장사꾼들과 다를 게 없다는 거지."

"뭣이?"

"네놈이 겁대가리를 상실했구나!"

몇몇 문주들이 반사적으로 몸을 일으켰다. 곳곳에서 현월을 향하여 독한 살기가 뿜어져 나왔다.

"츳."

짧막히 혀를 찬 범화가 상황을 수습하려 했다. 그러나 혜법이 가만히 손을 들어 그를 만류했다.

"방장님?"

"일단은 지켜보자꾸나."

"예에?"

범화의 입이 쩍 벌어졌다.

그대로 내버려 뒀다간 아수라장이 될 것임이 분명해 보이거늘 일단 지켜보자니?

하나 혜법의 태도는 더없이 진중했다. 그가 가장 존경하는 인물이 이렇게 나오니 범화로서도 따르는 것 외엔 도리가 없었다.

그때 담수용은 능숙하게 무림 명숙들을 만류하고 있었다.

"선배들께서 번거롭게 나서실 것도 없습니다. 저 멋도 모르고 지껄여 대는 천둥벌거숭이는 이 미욱한 후배에게 맡겨 주십시오."

자신만만한 담수용의 태도에 문주들이 태도를 누그러뜨렸다. 기실 듣도 보도 못한 애송이의 도발에 넘어가 날뛰는 것도 체면이 서지 않는 일이었다.

재차 현월을 돌아보는 담수용의 입가엔 숨기기 힘든 미소가 걸려 있었다.

'후후후. 네놈 덕에 내가 더욱 돋보이게 되었군. 어디 사는 머저리인지는 몰라도 고맙구나.'

마음속으로 현월에게 감사를 표한 담수용이 짐짓 근엄한 어조를 취했다.

"아무래도 귀하 또한 근방에서 이름깨나 날린 무인인 듯싶은데, 미안하지만 재주에 비해 자신감이 지나치군. 세상에는 언제나 더 높은 존재들이 있게 마련이고 그런 이들에게 예를 갖추는 것이 협자가 갖추어야 할 덕목이지. 그것을 이 담수용이 오늘 각골하게 똑똑히 새겨 드리리다."

"헛바닥 돌아가는 건 무림지존급이군."

"뭐라고?"

"난 댁처럼 번지르르한 말은 못 하겠으니 간단히만 말하지. 날 본인을 돋보이게 만들 발판쯤으로 생각하는 거라면 집어치워."

"뭣?"

한순간 뜨끔하게 되는 담수용이었다. 그 느낌이 그의 행동을 도리어 재촉하게 만들었다.

"말이 아닌 행동으로 가르쳐 줘야겠군!"

타앙!

담수용의 신형이 땅을 박찼다.

경쾌한 파공음과 함께 그의 몸이 허공을 날았다.

어느새 검집에서 뽑혀 나온 장검이 그의 몸과 하나인 양 전방을 향해 꼿꼿이 뻗은 뒤.

실로 군더더기 없이 멋들어진 검식이었다.

"네 말이 하나는 옳다고 봐."

스륵.

현월의 신형이 한순간 흐릿해졌다.

그 찰나, 좌중의 망막에 맺히는 것은 뚜렷하게 셋으로 나누어진 광경이었다.

원래의 자리에 꼿꼿이 서 있는 현월.

담수용의 턱에 권격을 꽂아 넣는 현월.

그를 스쳐 지나가 아무 일 없었다는 듯 서 있을 뿐인 현월.

세 개의 잔상이 한순간에 망막으로 틀어박혔다.

그마저도 어느 정도의 무위를 지닌 이들에게나 해당되는 일. 실력이 되지 않는 이들은 눈앞에서 무언가가 번쩍였다는 느낌만 받을 따름이었다.

쿠구구구.

도랑이 파이는 듯한 소리가 났다. 고꾸라진 채 머리를 땅에 처박은 담수용의 몸이 앞으로 미끄러지는 소리였다. 처음 신형을 날렸을 때의 관성이 그의 몸을 밀어낸 것이었다.

얼마 떨어지지 않은 곳에 담수용의 장검이 덜그렁 떨어졌다.

현월은 그를 등진 채 가만히 서 있을 따름이었다. 조금 전까지만 해도 담수용이 서 있던 자리에.

한동안 그렇게 있던 현월이 나직이 입을 열었다.

"세상에는 언제나 더 높은 존재들이 있게 마련이라는 것."

"……."

"……."

좌중은 약속이라도 한 듯 일시에 할 말을 잃었다.

그중 수위에 꼽히는 무위를 지닌 이들은 당혹감과 낭패감에 이를 갈았는데, 그나마 현월의 무위가 어느 정도인지 짐작이나마 할 수 있었기 때문이다.

'저런 애송이가⋯⋯!'

'우리들보다⋯⋯.'

'강하다니!'

범화 또한 그중 한 명이었다.

'이럴⋯ 수가!'

그는 입까지 쩍 벌린 채 충혈된 눈으로 현월을 바라봤다. 조금 전 두 눈으로 똑똑히 확인했음에도 도저히 믿을 수 없었다.

물론 현월이 이전에도 난적이긴 했으나 범화 자신의 무위와 그렇게까지 격차가 있다고는 생각하지 않았었다.

한데 지금은 달랐다.

그의 안력으로도 현월의 움직임을 겨우 뒤쫓는 것이 가능한 수준이었다.

"그가 진초를 날리기 전에 몇 번의 허초를 섞었는지 아느냐."

넌지시 물어오는 혜법의 목소리.

범화는 확신 없는 태도로 대꾸할 수밖에 없었다.

"목젖을 노리는 하나와 명치를 노리는 하나, 그렇게 둘이 아닙니까?"

"턱을 후리기 전에 관자놀이를 노리는 허초를 하나 더 섞었었다."

그렇게 대답한 혜법이 이내 덧붙였다.

"내가 확인할 수 있었던 것은 거기까지로구나."

범화는 마른침을 꿀꺽 삼켰다. 그렇다면 그 이상이 있을 수도 있단 말인가?

"사, 살인자!"

어느 문주의 외침에 현월은 나직이 혀를 찼다.

"죽지 않았소. 솔직히 죽이고 싶었지만."

"뭐, 뭐라고?"

"보시오. 아직 살아는 있잖소."

현월은 위아래가 뒤집힌 채 고꾸라져 있는 담수용을 가리켰다.

그의 몸은 분명 간헐적으로 꿈틀대고 있었다. 사후 경직과는 사뭇 다른 반응임이 분명했다.

그 와중에 오줌을 지린 듯 사타구니가 흥건히 젖어 있었다.

몸이 뒤집혀 있는 까닭에 오줌 줄기는 그의 상체 쪽으로 흐르고 있었다.

"……."

가히 보기 좋은 광경은 아니었다. 무림 명숙들은 하나같이 할 말을 잃었다.

범화가 곧장 무승들을 시켜 담수용을 옮기게 했다.

"껄껄껄! 자네는 언제나 나를 실망시키지 않는군 그래."

쇳소리가 가득 섞인 음성이 장내를 울렸다.

넋이 나가 있던 무인들이 그제야 움찔거리며 입을 다물었다.

인파의 일부가 좌우로 갈라졌다. 그 갈라진 틈으로 익숙한 얼굴의 노인이 걸어 나왔다.

"금왕······!"

누군가의 침음 섞인 목소리.

그 영향력이 흑도는 물론이요, 백도에까지 널리 미친다는 무림 제일의 갑부.

그 금왕이 숭산 소림사에 행차한 것이었다.

안 그래도 충격에 잠겨 있던 장내가 한층 혼란스러워졌다.

몇몇 무인들은 벌떡 일어나 무기라도 빼어 들 기세였다.

정작 진짜배기 강자들은 신중을 기하고 있었지만 말이다.

여유로운 걸음으로 다가온 금왕이 현월의 어깨를 두드렸다.

"이젠 자네와 맞붙게 할 만한 무인을 찾는 것도 힘들겠구먼."

"여기엔 무슨 일입니까?"

"무슨 일은. 나 또한 혜법 선사의 초대를 받고 왔다네."

"그가 노인장도 호출했단 말입니까?"

"왜, 이상한가?"

슬며시 웃은 금왕이 언성을 살짝 높였다.

"우리 암류방이 비록 흑도로 분류되는 방파이긴 하나 그것
이 곧 혈교와의 동조를 의미하지는 않는 법. 흑도 방파 중에
도 혈교에 반감을 가진 세력은 여럿이며 암류방 또한 그중 하
나라고 당당히 말할 수 있다네."

"……!"

현월보다는 좌중의 무림 명숙들이 더욱 놀랐다. 금왕은 개
의치 않는다는 듯 말을 이었다.

"소림 방장 혜법 선사께서 나를 호출하였고 나는 거기에
응했네. 아마 사려 깊은 무림의 군웅들도 이 늙은이의 깊은
뜻을 이해해 주리라 믿네."

교묘한 언변이었다.

금왕에게 반감을 표하는 이들을 졸지에 소인배로 만들어
버리는 한마디.

때문에 무기를 빼어 들려던 명숙들도 언제 그랬냐는 듯 자
리에 엉덩이를 붙였다.

현월은 그새 금왕에게 나직이 속삭였다.

"백도 무림을 택했다는 건 역시 이쪽이 불리한 입장이기
때문입니까?"

"그렇다기보다는 백도 무림이 건재해야 암류방 또한 건재하리란 판단이 더 컸지. 백도가 득세하면 암류방에 피해가 없을 테지만 혈교가 득세한다면 다음 목표는 암류방이 될 가능성이 크니까. 뭐, 솔직히 말해 이쪽이 더 불리한 것도 분명한 사실이고 말이야."

"……."

"하지만 그 점에 대해선 내가 오판을 한 모양이로군. 설마 자네의 무공이 그새 이렇게까지 일취월장했을지는 몰랐네. 이래서야, 어쩌면 백도 무림이 손쉽게 승리할 수 있을지도 모르겠군."

"그렇지는 않을 겁니다."

현월은 고개를 가로저었다. 금왕은 의아한 눈으로 그를 응시했다.

"대관절 그게 무슨 말인가?"

"예측 불가능한 변수가… 하나 존재한다고만 대답해 두죠."

"그게 대체……."

무슨 소리냐고 채근하려던 금왕이 입을 다물었다. 흑련으로부터 받았던 서신을 떠올린 까닭이었다.

흑련은 제갈철을 비롯한 일련의 사실을 모두 털어놓지는 않았다.

다만 현월을 노리는 강대한 존재가 있다고만 말해두었고,

그의 무위가 현월을 상회한다는 것도 명시해 두었다.

"백도 무림이 가시밭길을 걷게 될 거라는 소리로군."

금왕의 말에 현월은 고개를 끄덕였다.

"힘든 싸움이 될 겁니다."

15장

이차 각성

　혈교의 군세는 빠르게 북상하고 있었다. 각 지역의 무림 방파들 중 그 어느 누구도 혈교의 진군을 감히 막지 못했다.

　그나마 해당 지역의 내로라하는 문파들이라면 한두 시진 쯤 시간을 벌 수 있었다.

　하나 그것이 전부.

　결과적으로는 처절하게 짓밟히거나 화마에 휩싸임으로써 혈교의 공포를 재확인시켜 주는 역할을 했다.

　그 학살과 파괴의 선봉에는 암후가 있었다.

　한때는 미우라고 불렸던 소녀. 그러나 과거의 그녀와 지금의 그녀를 연관 지을 수 있는 요소는 아직 앳된 티가 남아 있는 목소리뿐이었다.

그녀의 칼날이 허공을 노닐 때마다 수급들이 허공으로 치솟았다.

던져진 팽이처럼 우쭐거리며 치솟는 그 모습은 일견 우스꽝스럽기까지 했다.

그럴 때마다 그 아래편, 그녀의 머리 위로는 따스한 피의 비가 쏟아졌다.

해남 근역의 자그마한 마을.

마을의 규모에 비해 해당 지역 방파의 저항은 제법 거셌다. 암후 또한 평소와 달리 상처를 입었을 정도. 물론 상처라 해봐야 어깨에 가볍게 난 찰상에 불과하긴 했지만 말이다.

화르르륵.

화염이 하늘을 향해 무서운 기세로 치솟았다. 그 아래에서 겨우 숨을 붙이고 있던 백도 무인들이 회한과 증오 어린 비명을 토해냈다.

그럴 때마다 암후는 가슴속으로부터 기이한 외침이 들려오는 것만 같았다.

그녀의 살심을 한층 강화하고 온몸의 신경을 극도로 예민하게 만드는 외침이.

한데 오늘은 뭔가 달랐다.

가슴속으로부터의 목소리. 아마도 그녀의 본능이 부르짖는 것일 그 외침은 평소와 다른 이야기를 전해오고 있었다.

달아나라고.

"......!"

암후는 흠칫 놀라 고개를 쳐들었다. 시뻘건 화광 너머로 하나의 신형이 언뜻 비쳤다.

망자가 아니다. 죽은 자의 시체가 결코 아니었다. 신형의 상부에서 번뜩이던 두 줄기의 빛은 분명 산 자의 시선이었다.

"큭!"

암후는 반사적으로 납검해 두었던 장검을 빼 들었다. 혈교 최고의 장인이 심혈을 기울여 만든 명검 쇄혈(鎖血)은, 그러나 평소와 달리 조금도 그녀에게 안정을 가져다주지 못했다.

화광 너머의 신형을 노려보는 것도 잠시.

암후는 본능적으로 전방을 향해 쇄도했다.

악다문 그녀의 잇새로부터 잔뜩 억눌린 기합성이 터져 나왔다.

"하아앗!"

촤악!

쇄혈의 검극이 화염과 신형을 한데 갈랐다. 마치 거대한 해일이 양옆으로 갈라지듯 사위를 감싸던 불길이 양단되었다.

그러나 그 너머에서 절단되어 나가야 할 신형은 존재하지 않았다.

"......!"

찰나의 순간 회피했다. 그것을 깨달은 암후의 머릿속이 혼란스러워졌다. 그녀의 눈이 적을 찾기 위해 주변을 빠르게 훑었다.

그리고 일순 피부를 찔러오는 듯한 감각.

'후방!'

암후는 화들짝 놀라듯 신형을 반전시켜선 쇄혈을 휘둘렀다. 이번에는 검극에 무언가가 닿는 느낌이 확연히 존재했다.

그건 마치 늪으로 빠져드는 듯한 감각이었다.

"윽?"

쇄혈이 움직이질 않았다. 검신 자체가 무언가에 단단히 고정된 양, 마치 집게에라도 붙들린 양 한 치도 움직이지 않았다.

당혹스런 그녀의 망막에 비치는 것은 한 사내의 모습.

그리고 이내 두 눈을 가득히 메우는 손바닥이었다.

퍼억!

강렬한 장타(掌打)에 암후의 고개가 뒤로 확 젖혀졌다.

걸쭉한 핏물이 콧구멍으로부터 뿜어져 나왔다. 암후는 세상이 뒤집히는 느낌을 받으며 튕겨져 나갔다.

그녀의 몸이 엉망진창으로 바닥을 굴렀다. 겨우 의식을 회복한 그녀가 몸을 일으키려 했으나 척수가 말을 듣지 않았다.

결과적으로 그녀는 맨땅에서 허우적거리는 꼴이 되었다.

"아직 멀었군. 그래도 죽일 기세로 때렸는데 살아 있는 걸 보면 제법 강해지긴 한 모양이야."

은근히 익숙한 목소리였다. 암후는 힘겹게 고개를 쳐들었다.

그리고 사내가 누구인지 깨달았다.

그는 더 이상 백발이 성성하지 않았다. 생기 넘치는 흑발과 윤기가 흐르는 피부, 탄력 넘치는 근육과 자신만만한 미소가 갖춰져 있었다.

한때는 남궁월이라 불리었고, 지금도 대부분이 그렇게 알고 있을 사내.

제갈철은 빙그레 미소를 지었다.

"오랜만이로구나, 유설태의 번견."

"……!"

암후의 눈동자에서 돌연 불똥이 튀었다.

강제적인 각성으로 인해 이지를 대부분 상실했다고는 하나 번견이 무엇을 뜻하는지 정도는 잘 알고 있는 그녀였다.

"크아앗!"

짐승 같은 울부짖음과 함께 암후가 거듭 신형을 날렸다.

앞서와 달리 단전의 내력을 모조리 끌어올린 뒤였고, 그런 만큼 속도와 기세는 무시무시한 수준이었다.

"제법이지만……."

허공에서 연신 벽력과 폭풍이 몰아쳤다. 그 섬전이 번뜩일 때마다 암후는 온몸을 두들기는 막대한 경력에 몸서리를 쳤다.

흠씬 두들겨 맞은 그녀의 몸이 재차 땅바닥을 뒹굴었다.

진홍색 핏물을 토해낸 암후가 힘겹게 헐떡였다. 다시금 제갈철을 올려다보는 그녀의 눈빛엔 더 이상 투지가 존재하지 않았다.

너무나 아팠다.

그리고 아픈 것 이상으로 무서웠다.

눈앞의 존재야말로 그녀가 그 무슨 짓을 한들 제압할 수 없는 존재라는 게 너무나 두려웠다.

그녀는 파르르 몸을 떨었다. 그것을 본 제갈철의 미소가 약간은 부드러워졌다.

"상하 관계에 대해선 철저하군. 하지만 너무 걱정하지 마라. 오늘은 네 가련한 목숨을 끊으러 온 것이 아니니까."

"……?"

"오히려 그 반대라고 할 수 있지."

제갈철이 손을 뻗었다. 또다시 시야를 가득 메우는 손바닥.

다가오는 그의 손을 본 암후가 흠칫 몸을 떨며 물러나려 했다.

하지만 그 전에 제갈철의 한마디가 그녀의 고막을 때렸다.

"피하거나 쳐내려 하면 더 아픈 꼴을 보게 될 거다."

그 한마디에 암후는 모든 저항을 멈췄다. 본능이 지배하는 그녀의 머릿속은 이자의 말을 따라야 한다고 연신 소리치고 있었다.

암후는 눈을 꼭 감았다. 그녀의 기다란 속눈썹이 파르르 떨렸다.

제갈철이 그녀의 이마에 손바닥을 얹었다.

"네 능력을 한계까지 끌어내 주마."

그 한마디와 함께 암후의 머릿속으로 한줄기의 벼락이 명멸했다.

"……!"

섬전과 함께 찾아온 무시무시한 격통.

영혼을 찢는 듯한 그 고통에 암후는 소리 없는 비명을 토해 냈다.

비록 찰나의 시간에 불과했지만 그 짧은 시간 동안 그녀는 몇 번에 걸쳐 죽음을 맛보았다.

강제적으로 맞게 된 두 번째 각성.

암후의 몸이 풀썩 쓰러졌다. 그것을 확인한 제갈철은 미련 없이 몸을 돌렸다.

내버려 두면 혈교도들이 그녀를 찾아낼 것이다. 그리고 자신들에게 찾아온 기이한 기연에 감사하게 되겠지.

"이 정도면 놈을 상대함에 있어 부족함은 없겠지. 아니, 오히려 놈을 아득히 능가할 것이다."

제갈철은 웃었다. 앞으로 다가오게 될 광란의 유희를 참고 기다리기가 힘들었다.

"너도 결국은 깨닫게 될 것이다. 내게 복종하는 것만이 살길임을."

그는 눈앞에 없는 현월을 향해 중얼거렸다.

잠시 후, 그의 신형이 일렁이는 화마 사이로 사라졌다.

『암제귀환록』 9권에 계속…

이 시대를 선도하는 이북 사이트

이젠북

www.ezenbook.co.kr

- -

더욱 막강해진 라인업!
최강의 작가들이 보이는 최고의 재미.

이들의 "유료연재"가 시작됩니다!

김재한 『성운을 먹는 자』   태제 『태왕기 현왕전』
홍정훈 『월야환담 광월야』   전진검 『퍼펙트 로드』
이지환 『어린황후』   방태산 『완벽한 인생』
좌백 『천마군림 2부』   왕후장상 『전혁』
김정률 『아나크레온』   설경구 『게임볼』

검색창에 **이젠북** 을 쳐보세요! ▼

절정고수들이 하늘 높은 줄 모르고 질주하는 현 세상.
서른여덟 개의 세력이 서로를 견제하는 혼돈의 시대.

그 일촉즉발의 무림 속에
첫 발을 디딘 어린 소년.

"나는 네가 점창의 별이 되기를 원한다."

사부와의 약속을 지키고
난세로 빠져드는 천하를 구하기 위해
작은 손이 검을 들었다!

박선우 新무협 판타지 소설 FANTASTIC ORIENTAL HE

풍운사일

Book Publishing CHUNGEORAM

유행이 아닌 자유추구 -
WWW.chungeoram.com

문용신 新무협 판타지 소설

FANTASTIC ORIENTAL HEROES

한량 아버지를 뒷바라지하며
호시탐탐 가출을 꿈꾸던 궁외수.

어린 시절 이어진 인연은
그를 세상 밖으로 이끄는데……

"내가 정혼녀 하나 못 지킬 것처럼 보여?"

글자조차 모르는 까막눈이지만,
하늘이 내린 재능과 악마의 심장은
전 무림이 그를 주목하게 한다.

"이 시간 이후 당신에겐 위협 따윈 없는 거요."

무림에 무서운 놈이 나타났다!

Book Publishing CHUNGEORAM

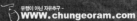
유행이 아닌 자유추구 -
WWW.chungeoram.com

북검전기

우각 新무협 판타지 소설

2014년의 대미를 장식할,
작가 우각의 신작!

『십전제』, 『환영무인』, 『파멸왕』…
그리고,

『북검전기』

무협, 그 극한의 재미를 돌파했다.

북천문의 마지막 후예, 진무원.
무너진 하늘 아래 홀로 서고, 거친 바람 아래 몸을 숨겼다.

살기 위해! 철저히 자신을 숨기고
약하기에! 잃을 수밖에 없었다.

심장이 두근거리는 강렬한 무(武)!
그 걷잡을 수 없는 마력이,
북검의 손 아래 펼쳐진다!

Book Publishing CHUNGEORAM

유행이 아닌 자유추구 -
WWW.chungeoram.com

우각 新무협 판타지 소설

FANTASTIC ORIENTAL HEROES

북검전기

2014년의 대미를 장식할,
작가 우각의 신작!

『십전제』, 『환영무인』, 『파멸왕』…
그리고,

『북검전기』

무협, 그 극한의 재미를 돌파했다.

북천문의 마지막 후예, 진무원.
무너진 하늘 아래 홀로 서고, 거친 바람 아래 몸을 숙였다.

살기 위해! 철저히 자신을 숨기고
약하기에! 잃을 수밖에 없었다.

심장이 두근거리는 강렬한 무(武)!
그 걷잡을 수 없는 마력이,
북검의 손 아래 펼쳐진다!

Book Publishing CHUNGEORAM

유행이 아닌 자유추구 -
WWW.chungeoram.com

The Record of
Dragon's
Return

재중 귀환록

푸른 하늘 장편 소설

FUSION FANTASTIC STORY

『현중 귀환록』, 『바벨의 탑』의
푸른 하늘 신작!
이계를 평정한 위대한 영웅이 돌아왔다!

어느 날 갑자기 찾아온 부모님의 죽음.
그리고 여동생과의 생이별.
모든 것을 감당하기에 재중은 너무 어렸다.
삶에 지쳐 모든 것을 포기할 때, 이계에서 찾아온 유혹.

"여동생을 찾을 힘을 주겠어요.
…대신 나를 도와주세요."

자랑스러운 오빠가 되기 위해!
행복한 삶을 위해!

위대한 영웅의
평범한(?) 현대 적응이 시작된다!

Book Publishing CHUNGEORAM

유행이 아닌 자유추구-
WWW. chungeoram.com

용마검전
FANTASY FRONTIER SPIRIT
김재한 판타지 장편 소설

「폭염의 용제」, 「성운을 먹는 자」의 작가 김재한!
또다시 새로운 신화를 완성하다!

『용마검전』

사악한 용마족의 왕 아테인을 쓰러뜨리고
용마전쟁을 끝낸 용사 아젤!

그러나 그 대가로 받은 것은 죽음에 이르는 저주.
아젤은 저주를 풀기 위해 기나긴 잠에 빠져든다.

그로부터 220년 후……

긴 잠에서 깨어난 아젤이 본 것은
인간과 용마족이 더불어 살아가는 새로운 세상이었다.

Book Publishing CHUNGEORAM

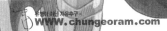
유행이 아닌 자유추구 ~
WWW. chungeoram .com

한량 아버지를 뒷바라지하며
호시탐탐 가출을 꿈꾸던 궁외수.

어린 시절 이어진 인연은
그를 세상 밖으로 이끄는데……

"내가 정혼녀 하나 못 지킬 것처럼 보여?"

글자조차 모르는 까막눈이지만,
하늘이 내린 재능과 악마의 심장은
전 무림이 그를 주목하게 한다.

"이 시간 이후 당신에겐 위협 따윈 없는 거요."

무림에 무서운 놈이 나타났다!

Book Publishing CHUNGEORAM

유행이 아닌 자유추구 -
WWW.chungeoram.com